文明边缘计划

阿渊 著

当代世界出版社
THE CONTEMPORARY WORLD PRESS

图书在版编目（CIP）数据

文明边缘计划 / 阿渊著 . -- 北京：当代世界出版社，2024.4
ISBN 978-7-5090-1812-5

Ⅰ.①文… Ⅱ.①阿… Ⅲ.①幻想小说－中国－当代
Ⅳ.① I247.5

中国国家版本馆 CIP 数据核字（2024）第 029308 号

书　　名：	文明边缘计划
作　　者：	阿　渊
出 品 人：	吕　辉
责任编辑：	李丽丽　王芃晖
出版发行：	当代世界出版社有限公司
地　　址：	北京市东城区地安门东大街 70-9 号
邮　　编：	100009
邮　　箱：	ddsjchubanshe@163.com
编务电话：	（010）83907528
	（010）83908410 转 806
发行电话：	（010）83908410 转 812
传　　真：	（010）83908410 转 806
经　　销：	新华书店
印　　刷：	北京新华印刷有限公司
开　　本：	880 毫米 × 1230 毫米　1/32
印　　张：	8.25
字　　数：	151 千字
版　　次：	2024 年 4 月第 1 版
印　　次：	2024 年 4 月第 1 次
书　　号：	ISBN 978-7-5090-1812-5
定　　价：	58.00 元

法律顾问：北京市东卫律师事务所　钱汪龙律师团队（010）65542827
版权所有，翻印必究；未经许可，不得转载

序　言

　　写这本书的起因，源于我困顿的中年。

　　因为亲人离世和一系列变故，我陷入了长时间的痛苦和消沉。接连不断的失眠，让我的身体日渐虚弱，精神也愈发脆弱。在那段日子里，我整天浑浑噩噩，常常意识不到自己身处何方，人生又有什么意义。消极情绪常常一下子涌上来，要赶走它们却并不容易。起初，我想尽一切办法去解释种种遭遇，可越解释往往越痛苦。后来干脆不想了，一难受就一杯接一杯地喝咖啡，或者在午夜的公园拼命跑步，再不然就在没人的地方痛哭一场。倒是这些方法，常常能解决问题。后来生活兜兜转转，境况也慢慢变好了。多年以后，当我对"精神疾病到底是什么"产生了浓厚的兴趣时，忽然又回想起那些年的经历。

引发精神疾病的因素无奇不有，单从抑郁来说，就包括什么神经递质、脑肠轴、遗传因素、童年经历，等等。令人费解的是，这些因素之间似乎毫不相干。我忽然意识到，抑郁既涉及人体各个部分，也指向人和环境的互动，似乎是一种"整体性"疾病，不太可能存在单一的"病灶"。如果要真正理解它，似乎需要一个更加宏大、更加基本的观察点。于是，我把目光投射到更加宽泛的领域，试图探究精神疾病的起源。

作为彻头彻尾的外行，这几乎是一件不可能完成的任务。我看了不少书，读了很多论文，尝试从既有理论里寻找线索，但越看越混乱，越看越糊涂，并没有一种说法真正打动我。既然如此，我决定抛开这些束缚，更加自由地去想象。我试着从几个特别的问题入手：一是部分精神疾病呈现出"整体性"，触发的因素又和环境密切相关，而且抑郁焦虑是哺乳动物共有的疾病，会不会有进化上的意义？实际上，达尔文早就指出，忧伤情绪能降低行动能力，足以使某个动物防范巨大的或突然降临的厄运。二是大奇迹、大断裂、大爆发、大转折，有没有可能是窥视生命黑箱的窗口？寒武纪大爆发、人猿进化分离、金字塔等奇观的修建，这些突兀的"断点"事件背后，存不存在底层逻辑的变化。三是人体可不可以视作一种算法？被某种算法而非单纯物理规律组织起来的微观事物，会不会具有特殊的性质，以反映算法自有的力量？如果有，那么人体、公司、文明等算法虽然不在一个尺度，却具有一定相似性，或许可以进行类比。四是科学若是夹杂了感情，会不会导致认知的偏差？进化论一经问世，即引发了巨大的争议，争议中似乎夹杂着复杂的人类情感。这些争议背后的情感，到底埋藏了什么样的秘密？又如何微妙地影响着我们的科学研究？五是在生命的研究上，我们的方法是否有改进的空间？我们试图以研究物质的方式研究生命，这种方式有没有问题？在这些思考的驱动下，我尝试着把一些不关联的因素联系起来，从生命源头梳理演化的过程，揣摩自然的意图，再从可实现的角度，考虑其选择的初衷，然后从两端去逼近真相，慢慢勾勒出一幅更大的图景。

当力比多方程被发现后，我惊讶地发觉它具有前所未有的解释力。这些发现或许可以安慰更多的人，由此也产生了创作一部科幻小说的想法。

目　录

序　言　　　　　　　　　　　　　1

第 一 章　引子　　　　　　　　　1
第 二 章　失窃　　　　　　　　　4
第 三 章　伦敦迷城　　　　　　　10
第 四 章　神秘的佳子　　　　　　23
第 五 章　回家　　　　　　　　　34
第 六 章　老和山往事　　　　　　40
第 七 章　力比多方程　　　　　　50
第 八 章　熔炉　　　　　　　　　63
第 九 章　禁忌之门　　　　　　　78
第 十 章　爷爷的日记　　　　　　84

第十一章	周公循环	90
第十二章	陈三石的诡计	104
第十三章	化身为人	113
第十四章	灵隐禅机	124
第十五章	曼哈顿惊魂	133
第十六章	宇宙进化论	147
第十七章	陈三石之死	156
第十八章	幻灭	161
第十九章	重生	169
第二十章	何种不朽	174

后　　记	179

第一章　引子

当参宿四在2052年寒冷冬夜爆发时，地球上的人们正忙着迎接新年。准确地说是旧世界的人们，新世界是没有新年的。

新世界的人们长年住在又高又窄的楼里。据王胖子说，那里的房间虽然四四方方，长得一模一样，可新世界的人生，比旧世界丰富一百倍。旧世界的事，不可能惊动他们。每次说到这里，我都要反问一句，马桶坏了也不用找人修？这时候，王胖子会激动地斥责我低俗，那是一个精神世界，远比旧世界高等、纯粹。我气不过，问他："那你为什么在旧世界讨生活？"王胖子转动眼珠，白白胖胖的脸上立刻堆满了贱笑，说："那啥，那边的妹子只讲精神，不太……不太好约。"我放声大笑，顺带数落他几句，什么高等纯粹，什么新世界旧世界，就冲你这想法，还是一个物种、一个世界。

这次却有些不同，新世界的人们也没法无动于衷了。起初，参宿四只是一个遥远而模糊的光点。后来，它的亮度陡然提升，奇异的青白色光芒充斥着整个夜空，好像黑色的天幕被刺穿了。没人能想到我们头顶的星空，那个千年不变的布景，竟然活了过来。

不管怎么说，这穿越600光年的奇迹，来得恰到好处，让整个大地随之躁动起来。南美大陆是最先进入状态的，在酒精的刺激下，巴西人开始彻夜舞蹈。接着是土耳其、西班牙和意大利，地中海沿岸沉浸在浪漫的星光派对之中。最后连一向严谨的东亚地区，也加入了狂欢的队伍。教廷不失时机地宣布，将在圣诞节子夜弥撒时关闭梵蒂冈所有灯光。教宗将在古老的星辉下，为人们的新年祈福。当也门主要武装派别间签订和解协议的消息传来时，人们再次沸腾了，地球上最后的冲突结束了。

"朋友们，在参宿四的见证下，一个永久和平的时代来临了。"一向严肃的联合国秘书长阿南道尔抑制不住激动的心情，在镜头前泪流满面。

此情此景，不禁让我想起小的时候。那时，科学家们首次捕获了一颗外太空天体"蒙娜丽莎"，并使它永久围绕地球旋转。激动坏了的小朋友们，手拉着手在苏堤上唱歌。那时，人们格外浪漫，人造流星雨是孩子们最期待的跨年表演。那时，"太空三子"无疑是最闪耀的明星，中国的刘尔翔、美国的达马伊隆，还有法国的莱昂纳多。狂热的太空探险家是人们心中最了不起的英雄。足球巨星梅罗不无伤感地说："连动物园的猩猩都在关注太空，人类已经忘掉了体育比赛。"

几年后，形势急转直下。一向平静的太阳进入了史无前例的大规模黑子爆发期，引发的猛烈的太阳风暴使任何深空探险变得极度危险。高潮迭起的深空航海时代，就被这阵太阳风意外地吹散了。休斯敦和西昌成了火箭的坟冢，那些航天器仍然顽强地耸立着，外表的漆层却早已斑驳不堪，金属发射架上也满是锈迹和青苔。

一旦公众对太空探索不再有兴趣，各国的航天预算也随之急剧下降。"太空三子"也消失在人们的视野中，只有不时传出的负面传闻，提醒人们他们的存在。对于这些童年时的英雄，我常常不愿意把他们往坏的地方想。

在北京，抬头仰望再次成了人们夜间生活的一部分。张灯结彩的地坛，聚满了所谓的"天文爱好者"。人们三五成群，热烈地交谈，不时爆发出畅快的笑声。老作家大留的《超新星纪元》再版后立刻脱销，连许久没有露面的"猎户座乐队"也再次走红。还有王胖子，本名王梓雄的历史系毕业生，自从把"超新星"和"射线暴"挂在嘴边，约到了不少姑娘。除了我对王胖子令人发指的行为感到不满以外，整个北京都洋溢着欢快的气氛。

对了，我叫周南，历史博物馆的一个小职员。即将 28 岁的我，此刻正挤在东四十条的一间小宿舍里。透过那扇窄小的窗户，望着熟悉又陌生的猎户座，我总有一种说不清道不明的感觉。那些久远的光芒,穿越辽远的时空,照耀着地球上每一个幽暗的角落。那璀璨星光背后,是剧烈的喷射和爆炸,是一颗巨星的死亡。一句电影台词在我大脑里回响:"我见过你们这些人没见过的事,我见过战舰在猎户座旁中弹熊熊燃烧,我见过通信光束闪烁着穿过星门,这一切都将淹没在时间的洪流中,一如雨中的泪水……"

我推开窗户,听见北风在城市中回荡。那阵阵呜呜,仿佛一曲燕赵大地的古老悲歌。

第二章 失窃

午休时的办公区异常安静,我一边扒饭,一边刷着参宿四的新闻。科学家们吵翻了天,各种观点看得人心烦。正在这时,桌上的一部老式电话无头无脑地响了起来。

"谁啊?"我抄起电话,心里一阵不爽,不耐烦地吼道。电话那头沉默了两秒钟,然后传来一阵咆哮:"你说是谁?立刻、马上到我办公室来!"我心里一凉,这声音太熟悉不过了,是馆长。听他的口气,多半是我的工作出了纰漏,挨顿骂是跑不掉的。我暗自叫苦,捋了捋头上几根乱毛,慌慌张张地走出门。

与历史博物馆宽大明亮的参观区相比,办公区的楼道狭小而局促,在拐弯的地方我差点撞到展览部的张琳琳。说来真是倒霉，每次遇到张琳琳，总会出各种状况。

一阵胡思乱想后，我昏头昏脑地从消防通道爬上五楼。张馆长从办公室探出半个脑袋，直冲着我招手，怒气冲冲地说道："你小子跑哪去了，怎么这么半天？"说完，一把把我拽了进去。

里面的阵势不太妙。馆长的办公桌有些凌乱，各种文件散放着，完全没有平时的威严。玻璃烟缸里塞满了烟头，散发着浓重的味道。办公桌对面，坐着两位客人。左边那个50岁上下，样子有点凶，一身警服很是显眼。他皱着眉头打量了我一番，让我不由自主地紧张起来。右边那个外国人看起来友善多了，戴着一副玳瑁眼镜，也就是30岁出头。

张馆长示意我在办公桌边的椅子上坐下。然后，他满脸堆笑地转向年长的警官，说道："老陆，您接着说。"

陆警官神情严肃地说："老张，这次端方古卷被盗，不是一个孤立事件。国际刑警组织陆续通报了几起案件，大英博物馆、大都会博物馆也丢了东西。"

我脑袋嗡了一声，原来传言是真的。

说起这端方古卷，来历颇有传奇色彩。1905年，清帝国已风雨飘摇。朝廷派闽浙总督端方等五名大臣出洋考察。归国前，爱好金石的端方在开罗集市购买了几十件古埃及文物，史称"端方文物"。这大概是世界上最孤独的文物，没有人知道他们的来历。由于真假难辨，国内很少有人对这些文物进行研究，很多人甚至不知道它们的存在。

直到1958年夏天，在清理仓库时，才有人注意到那个不起眼的雪花石膏罐子。罐子大约一掌高，有一个小小的底座和三角形的盖子，上面镌刻着一些符号和铭文。令人意想不到的是，罐子里面居然放着一卷上等莎草制作的纸卷。虽然由于年代久远，莎草纸卷保存状况不佳，但上面的字迹却清晰可辨。据说内容是关于古埃及历史人物伊姆霍特普的，倒也没什么特别。

我正胡思乱想，只听见陆警官压低声音说："老张，你听了也别不高兴。这帮人把端方古卷彻底弄坏了，化灰了。"张馆长被这个消息震惊了，半天没说出话。他神情恍惚地从抽屉里摸出一包中华烟，点上了火。过了一会儿，他才回过神来，尴尬地笑了一下说："两位抽烟吗？"对面的陆警官不耐烦地摆了摆手。

坐在陆警官左手边的外国人忽然开口了，他用并不太流利的中文说道："张馆长，在国际刑警组织的档案里，类似的系列文物损毁事件也是第一次。"

"愚蠢！十分愚蠢！这是对文明世界的挑衅！陆警官，斯蒂文警官，请你们一定要把这些罪犯绳之以法。""愚蠢"是张馆长对我们最糟糕的评价。"愚蠢"还加上"十分"，看来他愤怒到了极点。

陆警官点点头，一边思索一边说道："这些犯罪分子干得相当利索,肯定是一帮高手。另外,这事透着股邪气,偷什么不好,偏偷冷门儿的东西。犯罪动机更是不明确,也不像是为了搞钱。老实说,到现在为止,我们一点儿头绪都没有。我们今天来,就是想听你讲讲端方古卷的来历。咱们别藏着掖着,有啥说啥。"

"老陆,你放心,这案子我们百分之百配合。那个……小周,赶紧从档案系统里查查端方古卷的信息。"说完,朝我使了个眼色。我赶紧掏出口袋里的折叠笔记本,在办公桌一角展开。我留了个心眼,并没有用空间投影模式。

"报告馆长,一共有三条信息。"我抬头看向张馆长,等待他进一步指示。陆警官一眼看破我的心思,不耐烦地说:"我们有调查令,你们的资料我们可以随时调走。"张馆长连忙应声道:"小周,我们的资料对警方完全敞开,拣重要的说。"

"第一条是古代历史部夏时均教授写给时任馆领导的一份报告:'馆领导:此件古卷修复翻译历时三年,现已全部完成。所载文字清晰完整,内容殊为罕见,生动反映古埃及的宗教观念、社会结构和哲学思想,填补了国内研究空白,极具史料价值。建议加强后续研究,适时与国外同行交流,打破西方国家对古埃及文化研究的封锁。鉴于文物相关历史背景仍然欠缺,我与君石教授建议将其暂列为二级文物。时均,1961年11月6日。'"

"往下说。"馆长眯起眼睛,把身体靠在椅背上。

"第二条是一个内部报告:'馆领导:根据上级安排,我负责汤因比教授访华期间翻译接待等工作。近日,汤因比教授委托我向馆方转达查看端方古卷译文的请求。毛主席教导我们,团结一切可以团结的力量。汤因比教授一贯对华友好,这是弄清古卷历史意义、争取国际友好人士支持的绝佳机会。建议将内容择要透露给汤因比教授。会面情况另行报告。妥否,请示。'"落款赫然写着三个大字"周重生"。我有点不敢相信自己的眼睛,身上的汗毛全竖了起来,顿时僵在那里。

"这孩子,傻了吗?赶紧往下念。"他狠狠瞪了我一眼,补充说:"周重生老先生是我馆的第三任馆长。"

"第三份材料是端方古卷的译文,内容是:'上埃及下埃及的……'"我莫名紧张起来,脑门上渗出了汗滴,声音越念越小。

陆警官摆摆手,说道:"不念了,埃及的玩意儿听上去瘆得慌。直接调档吧!"

"端方古卷的来历,想必两位都知道了。建馆以来,除了汤因比教授了解过部分内容之外,外界知之甚少。夏老先生过世后,我们没有组织过专门研究。从我接任馆长以来,没有公开展览过,也没有外借过。"

两个警官交换了一下眼神,斯蒂文满脸疑惑地问:"馆长先生,汤因比教授从几千英里远的地方来,不看中国的文物,却对端方古卷感兴趣，我实在无法理解。按照您的说法，汤因比先生事前并不知道古卷的存在。"

"没错，古卷内容虽然不保密，但确实从未对外披露过。我也是瞎猜，大概是周馆长为了弄清古卷的历史价值，和汤因比教授进行了学术交流，这才让汤教授对古卷产生了兴趣。"张馆长犹豫了一下，又说道，"这位周馆长……也是小周的亲爷爷。"

对面两人微微一怔，然后齐刷刷地看向我。我的脑袋瞬间一片空白，整张脸不争气得红了起来。

这时候不说两句好像也不太合适了，我满脸通红，支支吾吾地说："这个……那个……恐怕，要让几位领导失望了。爷爷在世的时候吧，没跟我提过汤因比教授，也……没说到过端方古卷。"

陆警官皱起了眉头，说道："那就奇怪了，这东西谁也没见过，怎么会遭人惦记？会不会……"

正说着，门被"砰"一声推开了。一个大脑袋冒了出来，连声说："不好了，不好了！"张馆长骂道："王梓雄你干什么！没看我有客人吗！"

王胖子和往常一样没有眼力见儿，一边喘着粗气一边嚷："馆长，出事了，出大事了！"在外人面前，没有什么比笨手笨脚的下属更让人难堪的了。张馆长的脸一阵白一阵红，气地直跺脚："快说人话！"

"系统被黑了，数据库被删除了，全完了！"

沙发上的两人神色大变，张馆长瘫坐在椅子上，再也说不出话来。

第三章 伦敦迷城

鲲鹏号巨大的玻璃弦窗外，是一片青白色的云海。我坐在促狭的座位里，毫无睡意。

我登上这架飞机的理由听上去很充分——我是信息部资深员工，在"数字遗产计划"项目上做了整整五年。可仔细想想，事情又没这么简单。

说来话长，深空探险时代结束以后，人们的关注点逐渐转向人类历史。在千奇百怪的研究计划里，数字遗产计划是最雄心勃勃的。这一计划不仅要把地球上所有文物古迹数字化，而且希望通过人工智能计算，找到尚未发现的线索，重新叙述整个人类历史。这项计划的合作机构包括全世界160多个国家的2100多家博物馆。大英博物馆、纽约大都会艺术博物馆等一大批世界著名博物馆的加入，更是让这项计划备受瞩目。

作为国内最大的博物馆，我们得到的赞助自然最多。而我正是在数字遗产计划扩张时期入职的，也算是计划的受益者。所谓的计划听上去很高大上，其实工作十分枯燥。说白了就是对所有的文物和古迹进行全面的数字化建模，不仅包括断层扫描、多维重建，还有材质分析等。我每天的工作，就是拿着各种仪器进行测量，很耗工夫也很考验耐心。有意思的地方在于，你可以亲身感受很多珍贵文物。像秦始皇兵马俑、金缕玉衣、清明上河图这些顶级国宝，我都过过手。但有时候也很可笑，这项计划不放过任何历史遗物，甚至包括古代动物的粪便化石。因此，我也常常被王胖子嘲笑。文明基金会的人几乎每个月都和我们碰一次头，他们极其苛刻，精度稍有偏差就会被打回来。我的通过率不到 30%，却已经是部门里最高的了。

最初，人们对数字遗产计划的深意并不了解，但很快他们的印象就转变了。2048 年，威斯敏斯特教堂失火，大火整整烧了三天三夜，上千年的老建筑的精华差不多烧没了。幸运的是，伦敦的同行一年前做过非常细致的工作，他们立刻开展了人类历史上第一次数字复原。2049 年 9 月 9 日，威斯敏斯特教堂重新对外开放，30 万游客在伦敦目睹了这一盛况。而在另一个世界，数字威斯敏斯特教堂也上线了，近 10 亿人同时涌进了虚拟空间。一座石头的威斯敏斯特教堂，一座数字的威斯敏斯特教堂，很难说哪个更接近真实。因为这件事，信息部一下子成了博物馆最重要的部门，也让王胖子对我嫉妒不已。

可信息部那么多人，为什么是我？彭主任职位最高，张姐资历最老，林梓萱学历最好，怎么不是他们？想来想去，最有可能的原因，还是我爷爷。保不齐，张馆长以为，我爷爷算是夏教授的半个弟子，对古埃及文物颇有研究，平时跟我说过什么。如果我能找回一些和古卷有关的回忆，也许对破案会有所帮助。可他哪知道，不要说端方古卷，就连汤因比教授，爷爷也没提过。从我记事起，他就退休了，就是一个普通得不能再普通的老人。要非说和其他老人有什么不同，无非就是到家里拜访的人多一些，仅此而已。再说，他都走了11年了，即使他生前和古卷有千丝万缕的联系，也早就断了。想想又觉得不对，也可能是我想多了。说不定是张馆长当年受了爷爷的恩惠，这趟差算是对我的照顾？这么一想，我倒心安起来。

一会儿工夫，老陆睡饱了。他一睁眼，机舱里立刻活跃了起来。也不知道他从哪里弄来了啤酒和花生米，热热闹闹地喝上了。老陆看上去凶巴巴的，但接触起来，倒还是个热心肠，我们俩越聊越热乎。说到端方古卷，他觉得这是他从警三十年最离奇的案子。文物本身不起眼，但盗窃难度着实不小。历史博物馆戒备森严，光是那套防御系统，一个人是搞不定的，更别提把文物从馆里偷出来。在新世界，古代文物贬值得厉害，唐伯虎的真迹赶不上虚拟空间里的稀有副本值钱。再说，偷就偷吧，毁了又算怎么回事，真不知道这帮人图什么。

本来这起案子打算按普通盗窃案件处理，但国际刑警组织一介入，方方面面的压力都来了。上面领导把主要精力都放在技侦上，但技侦那边一直不太顺，这才让老陆上了手。如今，老陆这种老公安几乎没有用武之地，平时也就是打打杂、抓抓毛贼。老陆说，直觉告诉他，这帮犯罪分子手法很不寻常，老猫有时候真能抓到怪耗子，这趟不会白跑。我听完苦笑了一下，看来这趟差纯粹是给国际刑警组织个面子，上面也没有抱太大的希望。

斯蒂文就在身后两三排坐着，除了用餐，一路上都在睡觉，也不知道是真睡假睡。瞅着斯蒂文上洗手间的机会，老陆提醒我："斯蒂文看上去不哼不哈，实际是个老手，心里跟明镜似的。说话过过脑子，内外有别。有什么线索第一时间告诉我，千万不要轻举妄动。"我让他放心，临走前张馆长千叮咛万嘱咐，这点道理我还是懂的。

鲲鹏号在希斯罗机场落地的时候，参宿四刚刚从地平线升起，伦敦还在沉睡。我们刚出舱门，就看见一辆没有牌照的老式捷豹车在舷梯口等着。我们三人一上车，黑色的捷豹车便在夜色中疾驰起来。一路没合眼，刚挨上车座我的困意就上来了，一个哈欠接着一个哈欠。斯蒂文睡了一路，这时候精神头倒是很足，用他那半生不熟的中文给我们介绍起了伦敦。据他说，这些年伦敦发生了很多变化，现在的伦敦分为老城和新城。老城几乎没什么变化，住的都是旧世界的人，街面上走的大部分都是游客。新世界的人住的新城，大部分都在郊区。和世界其他地方不一样，那里的楼没那么高，大部分是环形建筑，中间是绿化带和公共设施。起初，我还听着，后来就抵挡不住困意了。睡梦中，一群野兽在追我。我一路狂奔，竟然跑到了悬崖边，往下一看，全是翻滚的黑水。我无路可逃，只好跳了下去，这么一惊吓，也就醒了。

我们的住处是老城中心的一座四层公寓楼。据斯蒂文说，这里步行到唐人街和唐宁街都只有20分钟的路程。我和老陆被安排在二楼，五个房间围着公用的客厅，我俩一人一间，其余房间似乎没有人住。房间里面设施一应俱全，客厅的冰箱里塞着牛奶、巧克力、干果、法棍面包、气泡水，还有两瓶苏格兰高地威士忌和一打啤酒，安排得相当细心。把我们安顿下来以后，斯蒂文就匆匆走了，我和老陆抓紧回房间倒时差。

第二天大概10点来钟，斯蒂文来了。他一身休闲装，头戴棒球帽，身上还挎了个大相机。这一整天，他带着我们逛了大英博物馆、白金汉宫，又是拍照又是介绍，却只字不提接下来的安排。我心里有点打鼓，老陆却一副乐在其中的样子。英方的安排结束以后，老陆还没尽兴，非拉着我去福尔摩斯博物馆和海德公园，又张罗着买了不少纪念品，说是给闺女和未来女婿的。看来，他真是来出闲差的。

就这么晃了两天，总算等来了斯蒂文的电话。

和汤因比教授的孙女约了第四天的下午在市民俱乐部见面。虽然地图上看市民俱乐部临着闹市，我们仨却转了两圈才找到。一路上，老陆一个劲儿埋怨斯蒂文。斯蒂文一脸无辜，说地方是对方定的，他也没来过。

市民俱乐部是座两层建筑，被左右两边的大厦夹在中间。高大的铁闸门上缠满了藤蔓，正好挡住了人们的视线。斯蒂文刚想按门铃，门却自己打开了。身穿黑色礼服的服务生一脸殷勤地招呼我们，领着我们穿过了一座露天花园。花园里的几个中年人见我们进来便停下了交谈，好奇地打量着。我们踩着木质楼梯上了二楼，刚一进屋，就看见坐在靠窗位置的中年女士正在向我们招手。老陆毫不客气，抢在斯蒂文前面，跟她握了握手。斯蒂文对她十分恭敬，一再对她表示感谢，看得出来，这次会面来之不易。

汤因比教授的孙女叫朱莉，年纪看着四十出头。她穿着深蓝色的套装，配着考究的烟灰色丝巾，胸前佩戴着一枚胸针，处处显露着她高贵的身份。当斯蒂文说明来意的时候，朱莉一直保持礼节性的微笑。她身边的英国男士倒很是热情，时不时地作出夸张的表情。这位男士满头卷曲的银发，身材高大，高耸的鼻子上架着一副黑色方框眼镜，颇有些学者风范。他欠了欠身，主动介绍说："我是朱莉的丈夫，克里斯蒂·巴顿，在伦敦大学教授历史学。"

朱莉警觉地打断了他的介绍："欢迎远道而来的中国朋

友。关于这个案件，我们能提供的信息不多。汤因比教授已经去世很久了，而且，据我所知，这次被盗的古物，也不仅仅是端方古卷吧。"朱莉话里有话，不愧是外交部的官员。

"朱莉女士，您的消息非常灵通。确实，被盗的古物还有大英博物馆馆藏的居鲁士圆柱，以色列国家博物馆馆藏的《死海古卷之以赛亚书》。不过，国际刑警组织认为端方古卷是这一系列案件最重要的突破点。"这是斯蒂文第一次说到案件的细节，没想到，这小子对我们还藏了一手。他似乎也意识到了这一点，略带歉意地朝我们笑笑。

朱莉表情官方，说话更加官方："朋友们，对古卷失踪一事，恐怕要让各位失望了，我们确实一无所知。"这句话等于她什么都不想说，我们仨你看我我看你，谁也没想到是这个结果。我心里暗想，朱莉的做法倒也可以理解，谁也不想和什么案件扯上关系。

眼看场面陷入了尴尬，巴顿在一旁插了句："在我看来，这个盗窃团伙相当有趣。"

一听这话，老陆立马坐正了身子，紧了紧耳朵里的翻译器，斯蒂文也放下了手中的咖啡，我们的目光不约而同地转到了巴顿身上。

巴顿似乎很享受我们的关注，说道："先生们，端方古卷我的确没有听过。从学者的角度来看，我对古卷的真实性持怀疑态度。居鲁士圆柱和以赛亚书虽然非常重要，但近几十年，历史学家对这些标志性的文物逐渐失去了兴趣，我们的研究重点转向了历史中的普通人。不过，这恰恰也是有意思的地方。"翻译器传来的声音略有点沙哑，倒是和巴顿的声线十分贴合。

"有意思的是什么？"我好奇地问。

巴顿吊人胃口似的停顿了片刻，继续说道："史学界不感兴趣的东西，科技公司倒是有了兴趣，他们把这些文物称之为'饲料'。"

"听说过猪饲料、牛饲料，没有听说过用古代文物做饲料的。他们喂的是什么牲口？"老陆话一出口，在场的都笑了，只有朱莉仍然不动声色。

"陆先生，不是那些牛和羊，是人工智能。先生们，可听说过一部电影，片名是《伯罗奔尼撒战争：纷乱世界的人性》？"

看着斯蒂文和老陆一脸迷茫，我赶紧接过话茬："我看过，可以说轰动一时。这是第一部无聚光灯电影，也是电影最大的卖点。整部电影没有主角，观众可以自由切换到100多个人物的视角上，每个人物都是一部电影。就是……感情戏有点弱。"回想起来，当年我是追着一个农民视角看的，看着他在战争中跌宕起伏的人生，让人唏嘘不已。

"人工智能在理解感情方面，当然不如周先生。像您这个年纪，正是恋爱的好时候。"巴顿笑着说道。英式幽默太让人难受了,我苦笑一下,埋头喝起咖啡。当我将杯子放回桌上的时候,意外发现朱莉正在打量我的脸。

说到自己熟悉的领域,巴顿来了兴致,他清了清嗓子接着说:"伯罗奔尼撒战争可以说是古代希腊的'世界大战',几乎所有城邦都参加了这场战争。传统电影的单视角无法反映战争的全貌,无聚光灯电影却有很多个视角。"说到这里,巴顿故作神秘地停了下来。

"巴顿先生,我理解您的意思了。很多个视角背后是很多的历史素材,任何一个历史学家也掌握不了这么多。没有科技公司搜集的饲料,是拍不出这样的电影的。"我回应说。

巴顿得意地点了点头。

"你们说的云山雾罩的,不就是科技公司在抢历史学家的饭碗嘛!"老陆试图跟上我们的思路。

"不,陆警官,事实正好相反。科技公司仍然需要优秀的历史学家,很多我的同行被科技公司聘为私人科学家。"

"私人科学家是什么东西?"对于科学家们的生活,老陆有点摸不着头脑。

"私人科学家只服务公司或者企业家本人,他们的研究成果一般不发布。不仅是我们史学界,现在所有的学科都是这样。大学里的顶尖教授越来越少,顶尖的专家为了更高的研究经费往往会选择在科技公司工作。"

"怪不得现在新的研究成果越来越少,原来这也已经私有化了。"我恍然大悟道。

巴顿朝我点了点头，继续说道："伦敦和纽约的富人们已经不再热衷买艺术品了，收藏知识和拥有知识的人，是最新的潮流。我们无法抵抗这种诱惑，不仅是因为经费，也因为科技公司带来了更多的研究资源和应用前景。前几年，我和科技公司合作，制作了一款对话苏格拉底的小游戏，很多孩子都玩过，也是历史学大众化传播……"

话说了一半，朱莉抬手看了一眼手表，巴顿立刻知趣地不再说话。沉默了片刻以后，我们只好起身告别。临走前，朱莉倒是表现出了少有的热情，送了我们每人一本汤因比教授写的《文明兴衰录》。我本来还想和她合个影，但看到她一脸送客的表情，话到嘴边还是没有说出口。我接过书，匆匆放进了背包。

回去的路上，谁也没心情说话。看到这番情形，斯蒂文多少有点不好意思，说请我俩喝杯啤酒再回去。可他一番好意，老陆却半点不领情。我多少能理解老陆的心情，他看上去很不在乎，但这样的结果恐怕没法交差。斯蒂文也明白这层道理，边解释前期沟通如何之难边把我俩带进了酒吧。还说，要不是听说周重生的孙子来了，朱莉连面都不肯露。我苦笑了一下，心说这面子还不如不给。这些话老陆根本听不进去，他只顾闷头喝酒，连眼皮也懒得抬一下。在酒吧待了一个多小时，我和老陆提前告辞，意兴阑珊地回到公寓。

看着时间还早，我百无聊赖地翻看起朱莉送的那本书。翻着翻着，里面竟然飘出了一张纸条，我整个人瞬间凝固了。我抖着手展开一看，纸条上面用歪歪扭扭的中文写着："今晚12点，特拉法加广场。"我突然感觉心跳加速，手里的半瓶气泡水啪的一声摔在地板上。这事越来越诡异了，难不成朱莉真知道些什么，这些话还不能当着警方的面说。但以朱莉的身份，不至于干什么坏事，也可能是我想多了，她只是想叙叙旧。可转念一想，时间地点又都不像，或许是真的另有隐情。

我坐立难安，急得在屋子里团团乱转。几次想和老陆商量，但又觉着不妥。老陆他们纪律森严，如果要请示上级，一来二去时机就错过了。要是朱莉真是要透露什么破案线索，回头反倒落埋怨。再说，人家请的是我，老陆去了算怎么回事。要不就先去见了朱莉，回头再找机会解释。搞不清是那两扎啤酒起了作用，还是好奇心驱使，我最终决定一个人赴约。

好不容易熬到了11点半，我蹑手蹑脚地下了楼。正在我转身带上公寓大门的时候，对面楼上的窗忽然砰地关上了。我吓得一激灵，赶紧顺着声音往上看，倒也没什么异常。我松了口气，暗笑自己没出息。就在这时，身后的暗影中传出发动机清脆的点火声。令人毛骨悚然的是，这车压根没有开灯。我不敢往后看，一颗汗珠从背上滚落下来。

今晚不见到朱莉，所有的谜题就无法解开。我架着微微发颤的双腿，硬着头皮继续往前走。正在我胆战心惊的时候，一声鸣笛划破了寂静。我转身一看，一辆亮着黄灯的六座出租车在示意黑车让路。黑车迟疑了几秒钟，无奈地加速向前驶去。

趁着这个工夫，我向着反方向快步走去。一动身，我就意识到自己犯了一个大错。马路对面一个抽烟的黑衣人，看到我往回走，匆忙踩灭了香烟。此时，一轮圆月探出云层，月光和参宿四的星光交织在一起，把街道照得像白昼一般。整个伦敦犹如一个密密匝匝的蛛网，耐心地等着猎物上门。而我，正朝着这张网的中心走去。

到了特拉法加广场，我才明白了朱莉的真正用意。这是伦敦的中心地带，道路四通八达，真是个再好不过的接头地点。此刻，广场仍然游人如织，一片喧闹，我借着涌动的人群掩护自己。可这么多陌生面孔，我到底该去哪里找朱莉，想到这里我不禁焦虑了起来。

"先生，可以帮我拍张照吗？"一个女人用很好听的伦敦口音问道。我没工夫回答，四处张望跟踪我的黑衣人。"他在你的九点钟方向，别回头看。"我定睛一看，说出这话的正是朱莉。只见她身穿一件厚实的灰色羽绒外套，好像完全变了一个人。

"先绕去唐人街，我们分头走。一会在对面教堂汇合，不要跑。"她压低了声音说道。朱莉真是一个细心人,我越走,路上带着亚洲面孔的人越多。我心里暗笑,英国人认亚洲面孔,就跟我们认欧洲人一样费劲,很快我就会消失在茫茫人海之中。

走了大约10分钟,眼前出现了一座巨大的门楼,上面赫然写着"中国太平"四个大字。伦敦的唐人街是开埠最早的华人社区,四纵四横,街道交织。几百年来,这里一直是整个欧洲华人的中心。现在已经是午夜时分,两旁的商户却还都开着门。什么四川的冒菜、老陕肉夹馍、沙县小吃,正在散发着诱人的香味。在一家奶茶店的前面,朱莉停了下来。她把羽绒服的帽子往后一翻,露出她那苍白的脸。她焦虑地看了看四周,凑近我说:"我们只有五分钟时间。"

"朱莉女士……您找我有什么事?"我试探着问道。

朱莉一愣,露出不可思议的表情。在迟疑了几秒之后,她的神态恢复了平静,快速地说:"南,刚刚那个人你看到了。最近,我的手机、邮件全被监控了,现在和你父亲的通信完全中断了。请你帮我传个讯息给他。端方古卷被盗是一个非常不好的信号,那个计划必须提前。"

我的大脑瞬间一片空白,想说些什么,却什么也说不出来。看到我的沉默,朱莉有些沮丧,焦急地说:"请一定把话带给你父亲。不要用任何电子设备联系,只要周一刻先生在大罗天里竖起人字碑,我们将按计划行动。风暴就在眼前,南，注意安全！"

过了好长一会儿，我才从震惊中清醒过来，而朱莉已经消失在伦敦的夜色中。

再次回到公寓，已是凌晨1点半。没想到，和朱莉见面不仅没解开旧的谜团，又扯出新的事情。事情的严重程度超出了我的想象，不仅端方古卷和我爷爷有关，还有一个神秘的计划牵涉到那个人。要命的是，这个计划似乎很快会被激活。我反复琢磨着朱莉的话，脑袋越来越沉，糊里糊涂地睡了过去。

砰，砰，砰，一阵猛烈的敲门声把我从噩梦中惊醒，我抬手看了看表，才凌晨4点。我摸黑按着了灯，艰难地爬起来，才意识到自己全身都被汗水打湿了。门外脚步声很杂乱，不像是一个人。我匆匆忙忙拉开门，只见老陆黑着脸站在门口。他低沉地说："朱莉出事了，在医院。赶紧走！"

我脑袋嗡的一声，差点栽倒在地。

第四章　神秘的佳子

今年的冬天格外寒冷，从英国回来之后，北京一个月里连着下了三场大雪，一场比一场大。比天气更寒冷的，是我跌到谷底的心情。

"听着，我知道你很难过。但那是英国人的地盘，我们只是……"电话那头,老陆的声音格外低沉。

"不!绝不是意外!这帮王八蛋!"

"怎么,你小子还学会骂人了?你凭什么说不是意外?你有什么证据……"

老陆还在断断续续说着什么,我却什么也听不到了。整个天花板在我头顶晃啊晃,好像随时会掉下来。我踉踉跄跄地离开簋街的小酒馆,没走几步就摔倒在泥泞不堪的路上。一阵冷风带着冬日的凄寒之气,扬起了漫天雪花。

我的额头滚烫,脑袋里像藏着一团炸药,随时会把我炸得粉身碎骨。是的,是我把厄运带给了朱莉,要是我不去伦敦,朱莉还在外交部宽大的办公室看着文件;要不是我去见她,她和巴顿兴许在海德公园悠闲地散步。她一定误会我是那个人的信使,才冒险和我见面。正是我的愚蠢和盲动,才酿成了这场悲剧。然而,我却没法对老陆说出真相,只能让真凶逍遥法外。朱莉的口信,还有那个什么计划,这些就像一座山,压在我的心里。自责、悔恨、委屈、愤怒一下子涌了上来,我张开口吐了一地。

一个星期之后,我从一场接一场的宿醉中醒来,终于想起自己还有工作要做。

回到久违的办公室,几个同事呼啦啦围拢过来,七嘴八舌地问了一番。张姐看我气色不好,赶紧端来一杯茶。那杯茶热得烫手,上面漂着满满的枸杞。看到他们,我有种走出电影院、阳光洒下来的真实感。噩梦结束了，我熟悉的一切又回来了。正说着，张馆长电话就过来了，简单问了问情况，嘱咐我多休息几天。挂电话之前，他意味深长地说辛苦了。

我端起茶杯，刚想喝口水，王胖子嚷嚷着推门进来。他像往常一样在我肩膀上重重一拍，一脸猥琐地说："呦，这不是周大侦探吗？去了趟伦敦，怎么跟失恋了一样。"我没有心情开玩笑，低头收拾办公桌。其实也没什么要收拾的，办公桌比平时还干净，好心的同事帮我擦过。

"瞧你这一脸苦相，什么事把你愁成这样？"王胖子看我不搭理他，绕到桌子另一边，一副厚嘴唇上下吧嗒着，"别想不开了，晚上带你去 happy 一下。我的小学同学来了，绝对的大美女。你得去见见。"

"我不去。"

"哎哟喂！好心当成驴肝肺啊。"王胖子一脸委屈地看着大家，似乎在寻求支援。几个同事见状，也跟着劝我。架不住他们左说右说，加上我自己也觉得状态需要调整。一下班，我和王胖子去了五道营胡同的 42 号酒吧。

不得不承认，他同学出现的时候，我的眼前一亮。她一头乌黑的秀发，皮肤白得透亮，个子不高但身材非常匀称。怎么形容呢？像是迷你版的星垣结衣。

"星垣结衣？！"我从沙发上起身，竟然不知道如何摆放我的两只手。

"你好！我可不是什么大明星，我叫山田佳子，请多多关照。"女孩非常大方地伸出了手，看我还在犹豫，用力地握住了我悬在半空的手。

我意识到自己的失态，赶忙说道："你好你好，山田佳子……我好像对这个名字有一点印象。"

"你这套路，老掉牙了。怎么样，没白来吧？"王胖子坏笑着在我肩膀上捏了一下。

这时候，我哪顾得上和王胖子搭茬，继续问佳子说："山田小姐，你和梓雄怎么会是同学？"

"哦，我父亲原来是日本公司驻华的首席代表。我在芳草地上的小学，和梓雄是同班同学。"佳子一口标准的北京口音，笑得很得体。

比我小三岁，我心里暗想。我打量了一下王梓雄，再看看山田佳子，然后摇了摇头："真不像是一个班的！佳子小姐，王梓雄留级了吧。"山田佳子扑哧一声笑了。

42号是北京少有的，还有人类服务员的酒吧。这里收留着那些无处可去，无家可归的音乐人。有20多年前出名的歌手、制作人，也有所谓唱片工业的巨子。他们身上满是旧的时光：不合时宜的长发、肩头的文身，还有脸上的颓废和忧伤。新世界仍然需要音乐，只是不再需要音乐人。在那里，只要几个关键词，一首属于你的歌就诞生了。这些人喝高兴了，多半是在聊那些辉煌的过去，那些音乐圈里的爱恨情仇，仿佛他们还是30岁。听的最多的，还是咒骂人工智能作的歌毫无灵魂。他们宣称，音乐人比算法更懂得人类情感，总有一天人们会认识到这一点。每次听到这儿，王胖子总是嗤之以鼻。他说，算法写出的歌一样让人热泪盈眶，旧世界人们最珍视的东西，只不过是"一套把戏"。

对我来说，这里昏黄的灯光、墨绿色的墙壁和老旧的木质吧台，却别有一番意义。夜幕降临时，坐在临街的落地窗户前看着街上人来人往，总是可以让你想起些什么，又或者忘记些什么。

现在不到7点，老板郑大胡子还没过来。靠在吧台上的调酒师小帅，冲我打了个招呼后，又和坐在高脚凳上的两个女孩聊起了天。女歌手阿凤和鼓手老彭端着酒杯在比画着什么，看来演出也不会马上开始。一桌陌生的客人，像是一对正在热恋的情侣。我和佳子尴尬地对坐着，也不知道该聊些什么。好在王胖子一向是气氛组的，他从吧台取来三大扎啤酒，"咣当"一声撂在了桌上。

"看样子，缓过来了？"王胖子故意拉长语气，一听就不怀好意。他把我往沙发里挤了挤，扭着脸数落我："我得说说你，你小子去完伦敦就联系不上。打电话不接，发信息不回，到底怎么回事？心里还有没有我这个兄弟？"

"我忙着呢，哪像你天天不务正业。"

"嘿！你这人，好像你在干多大事似的。"

"哎，倒也没啥大事……"回想伦敦发生的一切，那种不好的感觉又回来了。

"你这么说，就是有啥事了。说嘛，说出来就好多了。你说是吧，佳子。"王胖子伸手揪住我衣角，扭动着虚胖的身体，令人作呕地撒娇。佳子没有说话，但眼中却流露出好奇的目光。我一时头脑发热，把事情的原委说了一遍。当然，朱莉的悲剧，我一个字没提。

王胖子舔了下嘴唇上的酒沫，显得很扫兴："嗨，这不白跑一趟嘛。"

"不管怎么说，这件事也算告一段落吧。"又或许只是一个开始，谁知道接来下将发生什么？看着天真的王胖子，我不禁有点感慨，闷头喝了一大口啤酒。

"瞧你说的，这古卷也不能不明不白就没了吧。"王胖子皱着鼻子说，"有一点我搞不明白，这古卷有啥天大的秘密，还有坏人大费周章要毁掉它？难不成……金字塔真是外星人盖的？"说着说着，他像是被自己的想法说服了，声音又提高了八度，"八成伊姆霍特普是外星人派来的，看地球人太笨了，给我们传授点知识。汤因比教授和你爷爷肯定从古卷里面发现了外星人的秘密！"

王胖子说完，佳子含着一口啤酒，差点喷了出来，粉白的脸涨得通红。

"用你的猪脑子想想。盖金字塔的方法,早就研究明白了。大家一直搞不清楚的,是古埃及人为什么要建金字塔。如果没有端方古卷,恐怕永远也不会有人知道答案。"

"真正的秘密怎么可能写在纸上!古卷你拿水泡了吗?用火烧过吗?"王胖子忽然严肃起来,两眼警觉地朝四周看了看,"还是我来告诉你们真相吧。"王胖子说得煞有介事,我心里顿时咯噔一下,难不成他真知道什么?我瞟了一眼佳子,她也皱起了眉头。沉默了一会儿,王胖子做了个靠近的手势,低声说:"参宿四爆发和古卷丢失,绝不是巧合。"

"什么?!"我和佳子同时问了出来。

"一切的命运在5000年前已经注定。金字塔是通向外太空的穿梭门,参宿四爆发以后,星门将再次打开。现在最重要的是,外星人想干什么?"王胖子咬着下嘴唇,陷入了思考。

"对不起,我也有个秘密没说……"

王胖子愣住了,一脸惊诧地看着我。佳子的神情微微一变,收住了笑容。

"他们很可能把你接走,这样地球就清静了。"说完,我和佳子对视一眼,不约而同地大笑起来。这么多天来,我从没这么放松过。

王胖子急眼了,拽住佳子的毛衣说:"佳子,你算什么同学,跟着外人一起欺负我。"

山田佳子含笑开口了，声音温柔恬静，有一种说不清的亲切感："周先生、王同学，我在大学上过中国文学欣赏课，那个老师是个中国人。他告诉我，历史从来都是在迷雾之中，历史人物的真正意图往往是不可考的。拿红楼梦来说，作者巧妙地隐藏在曹雪芹、脂砚斋和畸笏叟几个身份之中，真真假假、假假真真，任我们怎么猜也猜不到。像周先生说的那样，端方古卷之所以重要，正因为它是一份罕见的孤证，告诉我们伊姆霍特普内心的真正想法。很多学者认为，修建金字塔的人不是奴隶，反倒有可能是自由工匠。他们完全不讨厌繁重的劳作，反倒是怀着满腔的热诚去完成这个伟大的工程。这也是为什么金字塔有着鼓舞人心的力量。"

这番说辞很内行，我不由得一激灵，看来佳子的身份没有想象中这么简单。我再次打量起她那张精致的脸。

"一个石头疙瘩，有这么大魔力？"王胖子一脸迷惑。

"建金字塔总比玩你那个戴什么球有意思得多吧！"我怼了他一句。

不知道这句话碰了王胖子哪根筋，他忽然激动起来："什么玩意？你玩过《戴森球2099》吗？在荒漠的宇宙里，升起一座伟大的戴森球，那是人类最浪漫也最极致的梦想！你们这些旧世界的人永远都不会懂！"

"呦呦呦，来劲了。你们也只会在游戏里动动手指，古埃及人可是一砖一瓦地干出来了。你怎么知道金字塔不是古代的戴森球呢？"我一边吃着薯条，一边朝他挤眉弄眼。

王胖子这才回过味儿来，一脸愤恨地说道："被你小子绕进去了！"

是时候结束插科打诨了。我转向佳子，认真地问："有件事儿我没太弄明白。从中国文化视角来看，建造金字塔不过是奇技淫巧这一路的东西，顶多是术，都谈不上道。黑格尔也说，金字塔不过是个美学意义上的仪式性建筑。汤因比教授讲文明有文化、制度、器物三个层次，器物是放在最后一层的。佳子同学，你怎么看？"

客人渐渐多了，转角的灯光突然亮了起来。扩音器里传来驻唱阿凤迷人的嗓音："朋友们，一首老歌《爱你的第一天》，送给那边新来的朋友。"一束灯光打在佳子身上，更显得她娇艳动人。一些熟客纷纷鼓掌，酒保小帅还吹起了口哨。王胖子腾一下站了起来，得意地举起酒杯向他们致意。

在一片喧闹之中，佳子的脸上有了一抹红晕。她凑近我说："这个问题吧，我想可能是这样。建筑物的规模和形制，本身就是意义。过去200年，摩天大楼崇拜一直存在。20年前，各国争着建那种巨大、奇异的空间站。就算是普通人，也有造麦田怪圈的古怪癖好。或者可以说，'金字塔'在人类文明中从没消失过，反倒比文化活得更长。"说完，她微微一笑，一股沁人心脾的味道传了过来。我感到了一丝丝醉意，不自觉地往她那边靠了靠。

31

这时候,王胖子凑了过来,追问她说了什么。佳子只好继续说道:"我说,金字塔的价值要放到那个时空去看,就算建筑物附着的意义随着时间流逝越来越模糊,但规模也是一种力量。金字塔从来不是神迹,而是人类改造自然的象征,它的存在激发着想象力和生命意志。怎么说呢?它是埃及文明的动力之泉。"

"哎,我的亲同学。知道你是早稻田大学历史系毕业的,别掉书袋行不行。什么动力之泉,神秘兮兮的。"王胖子嘴唇上满是吃炸鸡块留下的油迹。我和佳子都往后退了一点儿,这才发现刚刚和她靠得太近了。佳子脸颊泛红,也有了几分醉意。

"我猜佳子的意思是,伊姆霍特普为法老、为古埃及人、为整个文明创造了一个奇迹,一种寄托。"我低下头,不敢再看佳子的眼睛,视线不自觉地落在了她的手上。

"还是周先生解释得更清楚。"佳子害羞地笑了笑。

"这么说来,伊姆霍特普也太神了。这不像是什么灵光一闪,更像是一种主动改变历史进程的做法。"我忽然茅塞顿开。

"瞧你们俩这一唱一和的,说得这么厉害。那为什么埃及又不修金字塔了,难道油尽灯枯了?"王胖子不服,身子往上一挺,差点把我挤在地上。我和佳子又一次笑了起来。

佳子柔声细语回答:"金字塔虽然越建越高、越建越大,但给大家带来的新鲜感和兴奋感却少了，时间一长，大家也就看腻了。你那个'戴森球2099'还在玩吗？"说罢，她含笑看了我一眼。这丫头到底是来干什么的，看来古卷被毁就像一个信号弹，把各路人马都惊动了。但看着她那双清澈的眼睛，我却无法把她和不好的事情联系在一起。

"那我懂了，这说明伊姆霍特普看过整个埃及文明的剧本了，但又必须按照外星人规定顺序发展科技。但是，他跟我一样憋不住，就写了封给后世的信。"王胖子还在坚持他的外星人理论，我却已经顾不上挤对他。

在酒精的作用下，我的大脑里忽然喷涌出很多想法。20世纪的60至70年代，西方世界的物质生活极大丰富，年轻人们却陷入了快乐与痛苦交织的状态。年轻一代意志涣散，用酒精和药物麻醉自己，以消解意义来对抗意义的消解。没有人能回答，到底什么才是进步？我们到底该往哪里走？历史到底要走向何方？由于没有一种精神力量的引导，西方文明随时可能解体。汤因比教授认为文明的延续必须对未来怀着信心，可他自己的信心却消失了。他认为世界的未来在东方，在中国，所以他两次访华，寻求解药。当汤因比教授了解了古卷的内容后，很快意识到当时的问题，在4000多年前就发生过。不过当时有伊姆霍特普的动力之泉指引人们前进，而20世纪70年代的世界则没有。

啤酒见底，夜也深了。在我眼前晃动的，除了酒吧里形形色色的人，还有佳子那纯洁而神秘的笑容。端方古卷是历史上的一份孤证，也是时间透过来的一点点微光。两位老人想必思绪万千，又或许有了答案。

在酒吧昏黄的灯光下，阿凤正唱着一首经典的民谣。那悠长的歌声，把我的思绪带向苍凉的历史。在一众听者沉默的时候，王胖子却异常兴奋，对着酒保喊道："小帅，再来三扎。"

趁着他走开的时候，我低声问佳子："那么，山田佳子小姐，你到底是谁？"

"一个老朋友。"她微笑着回答。

第五章 回家

光子号平稳地行驶在华北平原，远处的山川渐次退去。车厢里，稀稀落落的乘客们各怀心事。几个机器人来回穿梭，时不时发出殷勤的问候。望着窗外的一片萧瑟，我的心情越发沉重起来。

参宿四爆发前，这个世界已经太久没有大事件了，最近的一次已经整整过去了20年。那是21世纪第4个十年，那时黑灯工厂代替了大批传统制造业岗位。即使在服务领域，人类也在和人工智能的竞争中落败下来，只有少数人保留了工作。悲愤的人们，开始在青瓦台聚集。在人们把华尔街铜牛搬到了自由女神像面前时，抗议的热浪到达了高潮。抗议很快演变成了一场关于金钱时代的大讨伐。人们愤怒地说，金钱为每件事情、每个人打上了价格，无情地踩踏着失败者的尊严，这不是人们想要的世界，这不是人们想要的生活。

让人们庆幸的是，在轰轰烈烈大讨伐之后，各国在联合国大会上达成了一项数字税的总体协议。自从有了数字税，政府发放的福利，足以让每个人维持体面的生活。此后的十年，各国政府修建了大量的高楼，那些住在高楼里的人兴奋地宣布这是新世界。金钱退缩到了旧世界，算力成了新世界的货币。阶层消失了、种族消失了、性别消失了，取而代之的是不同的梦想、不同的主张、不同的性格。人和人不必互相迁就、互相妥协，每个人都可以选择自己想要的生活，创造属于自己的世界。也许就像日本老学者富山说的那样，历史永久停留在了这一刻。

而在我面前摊开的《文明兴衰录》，却仿佛来自历史的另一个角落。汤因比教授和爷爷那一辈人，目睹过饥饿、战争、灾变，他们被巨大的洪流裹挟着，在时代的河流中辗转。我不知道那个所谓的计划到底是什么，但旧的故事结束了，我们开始了新生活。如果没有忧愁的地方就是天堂，那我们现在就在那里。想到这些，我的嘴角轻轻一扬。我随手翻着这本书，很快，"山田一造"几个字就像一块磁铁，紧紧地吸住了我的目光。

昨晚，也就是山田佳子离开的第三天，老陆约我在北新桥的一家东北菜馆碰头。那家老馆子看上去和老陆差不多岁数。桌面上黏糊糊的，泛着油光，让人毫无胃口。邻座几个人，也都是上了岁数的男人。

"怎么样，越来越好玩了吧。"老陆夹起一块糖蒜，嘎吱嘎吱嚼了起来。

"好玩什么呀。"我一脸苦涩地说，"原来以为事情过去了，谁知道又阴魂不散。我连着几天没睡着觉。"

一杯啤酒下肚的老陆，忽然抬起头，诡秘地一笑："瞧你这点儿出息。我看不如……把你调我们局锻炼锻炼！"

我急得直摇头："老陆，你别吓唬我，我心脏受不了。现在接你电话就犯怵，找我啥事？"

"慌什么，是不是做了什么亏心事？"老陆用他锐利的双眼直勾勾地盯着我，就像我是被抓了现行的偷包贼。正当我心里七上八下的时候，他又笑了起来，漫不经心地打开一瓶二锅头。一直到两个热菜上桌，他才不慌不忙地说道："你提供的信息很有用，佳子的身份我确认过了。她的父亲是松上电器驻华代表山田次郎。爷爷山田一造，还给故宫捐过五代十国的手抄佛经。"

"她怎么知道这么多事？"

"她爷爷和汤因比教授的交情不一般。20世纪80年代，她爷爷还出了一本和汤教授的对话录。"说完，他从书包里掏出一本书，扔在我面前。

"来之前我翻了翻，净是些没用的话。"老陆接着说，"上面判断，以他们家族在全世界的影响力，不至于做这种下三滥的事，你不要节外生枝。眼下还有别的事要你处理。"

"什么事？"我不禁警觉起来。

"这段时间技侦那边摸到点线索。攻击博物馆服务器的源头，是一家在芬兰赫尔辛基注册的主机托管商。"老陆低声说。

"然后呢？"

"这家托管商的注册地址，也是文明基金会一个办事处的注册地址。"

"什么?！"我顿时觉得背脊一凉，半天说不出话来。过了好久，我才回应道："这……这不就是赞助数字遗产计划的基金会？"

"就是这帮人。"老陆得意地笑了笑。

"那还不赶紧抓人。"

"抓人？开什么玩笑。就凭一个注册地址？"

"那该怎么办？"

"怎么办？好办！"老陆忽然阴阳怪气地笑了起来，"让你小子去做卧底！"

我眼前一阵发黑，差点没晕过去。

老陆停下筷子，斜着眼睛从上到下打量我一番，看得我头皮发紧。

"你小子也太没出息了。就这么点儿事,就把你吓尿了?"

"求你了,饶了我吧。"我哀求道。

"这事儿你跑不了,还就非你不可。"老陆的脸色变得阴沉起来,"我可告诉你,文明基金会背后的金主是三生科技。上面还发现杭州那边的电网出了很大问题,线索也指向三生科技。而三生科技的创始人陈三石是你爸的学生。"

"老陆,不,哥哥,我就是一普通市民,我快扛不住了,上次的事,我不想再经历一次了,放过我吧。"我急得快哭出来了。

老陆听完一言不发,脸色越发难看。忽然,他一扬脖,把分酒器中的白酒一饮而尽,然后使劲往桌上一敦。

"事发生在你单位,被偷的东西只有你爷爷见过,他还当过你单位的头儿。嫌疑人不光是你爸的学生,还赞助了你的项目。你跟我说不去?"他把眉毛一横,方脸上一股杀气,"我没猜错,你就是做了亏心事!"

这句话一出,我吓得腿都软了。好巧不巧,就这么一失神,筷子还掉到了地上。

老陆见状哈哈大笑:"瞧你这点儿出息,还真做不成亏心事。我一早跟我们头儿说,你就是一怂包,干不了这事。要不是你爷爷,你哪能上历史博物馆工作。可这事非你不可,上面下调令了,把你借调到杭州图书馆,能不能回来嘛……看你表现。"

"你,你说什么?"我把眼睛瞪得像铜铃一样。

他又喝了一口酒,撇着嘴说:"不服咋的?我就说嘛,馆长老爹生了个副教授儿子,副教授儿子生了个小职员。一茬不如一茬。"

"你们,你们……"我站起身,扭头往外走。老陆在后面悠悠地说:"周南小朋友,别忘了你的借调函呦。"我停住了脚步,转身狠狠地瞪了老陆一眼。

一阵隆隆的声音把我的思绪拉回现实,光子号正在穿越一座隧道。我闭上眼,脑海里浮现出北京的生活。来北京整整五年了,我爱上了这座城市。这里有我喜欢的工作,有我喜欢的朋友,也有我喜欢的人。谁知道阴差阳错,我又在一夜之间不告而别。

其实在老陆找我之前,我就已打定主意要去一趟杭州。朱莉的死像一个挥散不掉的阴影,笼罩着我的心。内疚和悔恨每天噬咬着、折磨着我,我几乎快要发疯了。那是我必须偿还的债务,也是必须弥补的过错。然而,老陆的任务把局面搅得更加复杂,我不得不在杭州久留,甚至要和那个人周旋。他根本不知道这给我带来的痛苦,甚至比我所面临的危险更令我难以忍受。

当我再次回过神来,光子号已经稳稳地停在站台上了。在出站口,我看到有人拥抱,也有人哭泣。我拖着巨大的行李箱,望着电子指示标发呆。站在这座曾经熟悉的城市,我却不知道该往哪里走。

第六章　老和山往事

老和山古名秦望山。两千年前，秦望山是一座孤山，东方是一片汪洋。

秦始皇嬴政第一次登上这里的时候，已经49岁了，正在展开人生中最后一次大巡狩。6个月以后，他在沙丘暴病而亡，留下了一个庞大的帝国。

嬴政曾在这里眺望东海，久久不愿离去。那天，流云在天空之中翻涌，暗沉的洋面掀起一阵阵海浪。亘古的波涛，守卫着帝国的东疆，那是一道人力无法逾越的屏障，也是无法征服的未知世界。那里，是他心里最后的寄托。"陛下，有船！"赵高在一旁轻声呼唤。顺着他的手指，嬴政望见一艘小船在天际出现。只见那艘船一次次消失在惊涛之中，又一次次挣扎着向岸边驶来。不知道为什么，泪水一瞬间涌上了嬴政的眼眶。没人理解第一个皇帝的心情，史书上只记载了他的一声长叹。当爷爷告诉我这些的时候，6岁的我竟然哭了起来。爷爷说，历史里充满了眼泪，却从来没有谁为那个皇帝伤心过。

无数个百年过去了，钱塘江冲下的泥沙慢慢沉积，孕育出了一片新土地。人们把这里叫作杭州，那座秦望山改名为老和山。这座山脚下，也就是秦始皇曾经俯瞰的海洋，盖起了一座校园，那里是周一刻工作的地方。十几年来，学校在一间间消失，新世界的同学不再需要和老师见面。老和山大学，成了旧世界最后也最顽固的学术堡垒。

老和山大学是一座久负盛名的综合性大学，有着 150 年的历史，也是我从小玩到大的地方。小学二三年级，我常跟在哥哥姐姐屁股后面爬老和山。大家从情人坡出发，顺着盘山道向上攀登。这一路，哥哥姐姐们嚷着闹着，说着我听不太懂的笑话。走不动的时候，周一刻还会背着我。下山以后，他常常带着我去青芝坞的咖啡馆。他要一杯拿铁，给我点一份提拉米苏，笑着看我吃完。那会儿的老和山，满是背着大包小包的游客，那是梦里天堂，也是烟火人间。而所有这一切，在五年前终结了，彻底终结了。

从北门一路过来，我的脚步越来越沉重。一些老楼看着好像很多年没有用过，门前满眼是芜乱的野草，门口的雕塑上爬满了长长的藤蔓。只有四食堂前还有一些进出的老师和学生。在灰蒙蒙的第三教学楼门口，我看到了刘师姐。她用力摆动着双手，满脸雀跃的表情。师姐是我和杭州仅有的联系，她时不时会和我通个电话。偶尔，还会给我寄一些杭州的小吃。在和周一刻见面之前，她是我揭开这些谜题唯一的突破口。

"臭小子，都有一年多没你消息了。"师姐狠狠地拍了一下我的肩膀。我一边躲一边说:"哎哟,疼死我了。师姐,我错了。我差点没认出来,还以为是哪个校花呢。"

有两个男生急匆匆地跑过,恭恭敬敬地叫了声老师好。

"哎呀,几年没见,你这是学坏了。"师姐噘了噘嘴,装出生气的样子。

"人嘛,总是要成长的。"

"还真是长大了,我以为你再也不回杭州了呢。现在不赌气了?"

不是赌气,我心里暗暗说。从小到大,除了学习不尽如人意,我还算一个乖孩子,从没给父母惹过什么麻烦。可那件事情发生以后,周一刻忽然像是变了一个人,整天用最恶毒的话骂我。有一天,我踢完球回家,看到门口堆着我所有的衣服、书、游戏机,还有被砸烂的航天器模型。1月的杭州,我在西湖边走了一夜。那一晚,失去了妈妈的我,又被爸爸赶出了家门。

就在绝望的时候,是张馆长的一通电话把我从痛苦的泥潭里捞了出来。于是,我离开了杭州,回到了爷爷工作过的地方。我收起沉重的回忆,勉强露出一点点笑容。

"一言难尽……总之,我回来了。"

"回来就好。有什么打算?"

"走一步看一步吧。"

"见过老师了吗?"她漫不经心地问道。

看我没有回答，她说："这几年，老师一个人住，酒越喝越凶了。有空的话，去看看他吧。"她的声音里有一丝伤感，眼神也随之忧郁起来。

我们都陷入了沉默。过了一会儿，我不置可否地唔了一声。

刘师姐吸了口气，故作轻松地说道："哎，还在生你爸的气吧。见了他，你肯定吓一跳，头发都快掉光了，完全是个糟老头子了。"说完瞥了一眼我的脑袋。

"看这架势，我也熬不到四十。"我把两边头发往中间捋了捋，长长地叹了口气。刘师姐扑哧一声笑了出来："你猜猜，去年老师过六十九岁大寿，我送了个什么礼物？"

"生发剂？"

"一顶假发，老师感动得热泪盈眶。"我们俩都笑了起来。

远处的树冠下，几个低年级女生正在围坐着闲聊。望着这些无忧无虑的孩子，我愈发伤感。如果不是因为那件事，我也可能在学校谋份差事，就像师姐一样。

师姐的神情忽然变得严肃起来："他，可能不是一个很好的父亲，却是我见过最好的老师。"我低着头没有作声，心里想，谁又会说自己老师不好呢？

看我没有接茬，她接着说道："别看你爸邋里邋遢，肚子里还是很有些东西的。"

"有什么东西，难道是一肚子酒？"

"酒嘛，肯定是不少，但也还有些别的东西。说起来这些年，我们掉进了可怕的知识陷阱，很少有重量级的研究成果。科技树越长越高，科学家的视野却越来越窄，也可能是人类的智力接近极限了。在研究深度和广度之间，我们根本没法兼顾，大部分科学家被逼进了研究的细分。你爸却不一样，他只对隐秘而宏大的结构感兴趣。"

"宏大的结构，开玩笑吧，就他？"

师姐没有理会我语气中的嘲讽，继续说道："有一次，一个学长拿了个博士论文的研究提纲，大概是什么人工智能在食品工业中的应用研究。他只瞄了一眼题目，就把那沓纸扔在地上了，那个男生当场就哭了。说心里话，那个学长都快30岁了，刚摸到一点科学前沿的边儿，挺让人心疼的。我劝老师别这么固执，可他根本听不进去，说别人他管不了，他的学生没有浪费脑力的资格。"

"什么？他自己眼高手低，退休前才勉强评上副教授。还谈什么宏大结构，吹牛皮呢。有时候我怀疑他到底算不算科学家，还是只是个野路子。"想起那张脸，我心里一阵恶心。

"这个……平心而论，他的学术成就算不上顶尖，综观思维到底限制了他的研究能力，但他的思想倒没有错……"

我眼前忽然闪过一丝光亮，这不就是我要的突破口吗？我极力掩饰住自己的好奇心，假装不屑一顾地说："他还能有什么思想？"

她环顾了一下四周，冲我招了招手。我赶忙上前，跟着她走进了第三教学楼。在穿过一条长长的走廊之后，她拐进了一间办公室，让我在一张老旧的办公桌前坐下。她深吸了一口气，然后说道："给你讲个故事吧，故事有点长。但你得答应我，不能告诉任何人，包括你爸。"

我点了点头。

那是 25 年前。9 月的杭州，天气十分闷热，老式的空调机在吃劲儿地工作着。教室里，稀稀落落地坐着几个学生，有的还在打着瞌睡。有 10 个学生报了这门课程，但真正来上课的只有 8 个。没有人想听这个讲师的课，除非为了凑够交叉学科的学分。女生摊开书，无奈地撇撇嘴。和计算机学院的一众精英教授相比，讲台上的中年讲师有点邋遢，长相更是让人提不起精神来。他扶了扶破旧的眼镜，用并不太好听的嗓音说道："同学们，我们上课。研究人类智能是一项崇高的事情，而对大脑的研究居于最中心的位置。大脑是个算力有限、能量有限、储存空间有限的器官，这是我们研究一切的前提。"

这几句话，不知怎么触动了女生的心。她抬起头，再次打量起这个老师。就在这时，教室的一角，传来了放肆的笑声。早已习惯的中年讲师，尴尬地笑了笑。还没等他说话，坐在第一排的又高又瘦的男生，扭头冲着那个角落说道："这有什么好笑的！"那个角落里站起一个魁梧的男生，张狂地

45

说道:"小朋友,新来的吧。这位所谓的周讲师,天天讲什么大脑三约束,哪本书里写着呢?别以为我们好糊弄。"

高个男生并不打算退让,他冷冷地说:"你们听不懂可以走,别影响其他人。"

"呦,来了个倔的!"魁梧男生向身边几个同学努了努嘴,撸起了袖子。

"你们……出去吧。"中年讲师拘拘儒儒地说道,接着又小声说,"我会让你们过的,你们……走吧。"

几个学生高声大笑,收拾书包大摇大摆地走了。最后,偌大的教室只剩下那个中年讲师、高瘦男生和那个女生。就这样,毫无关联的三个人,从那个夏天开始,组成了一个牢不可分的共同体。

"大脑三约束"像一道闪电击中了那个男生,在他心中燃起了熊熊大火。随后那一年,他和那个中年讲师从算力约束入手,潜心研究起动物集体行动之谜。长期以来,科学家认为鸟类在长途飞行时排成阵列,主要原因是利用空气动力学来节省体力。但他们很快发现,事情没这么简单。计算机模拟结果令人吃惊,集体飞行可以将鸟群的整体算力支出降低90%,节余的算力可以更好地用于觅食、求偶、筑巢和育雏。原来,对于这些整体算力不充裕的生物而言,集体行动是最优的选择。换言之,鸟群的集体行动让其中的每一只个体不再需要花费额外的精力和脑力思考下一步的行动方向。集体使个体行动效率更高，消耗的能量也更少。但单纯地模仿也会引发恐怖的灭绝，蚂蚁的死亡漩涡证明了低算力状态下盲目模仿的危险性。这些种群也因此掉入了进化陷阱，停滞在低阶生态位。他们提出的理论框架，撞开了生物算力学的大门。可惜，他们走得太远，至今没人理解这些研究的价值。

他们没有被这一突破性的发现冲昏头脑，而是白天读资料，晚上接着讨论，不断完善自己的理论。思维的火花在他们心中激荡着。两个人的性格几乎相反，很难理解他们是怎么做到意气相投的。中年讲师嗜酒如命，情绪不太稳定，常常钟情于奇妙而神秘的"大图像"，有着天马行空的想象和巫师般的预言。而男生则相反，逻辑清晰而且异常执着。他们之间也会爆发激烈的争吵，但过不了几天总会和好。因为他们相信，他们的研究将改变人类对生命的理解，从而改变世界。

随着研究不断推进，他们开始把算力约束引申到社会学研究领域。60年前，诺贝尔奖得主道格拉斯·诺思的"路径依赖"理论成功地阐释了经济制度的演进，他说："人们过去作出的选择，决定了其现在可能的选择。"一个广为流传的例子是，火车车轨标准轨距沿用了古罗马时期马车的轮距。诺思用报酬递增和自我强化来解释这一延续，虽然也有人持反对意见，认为只是由于更改轨距会使成本增加，但人们始终无法解释"路径依赖"背后的机制。中年讲师和那个男生发现,"路径依赖"是对旧算法的最大化应用。只有当旧算法获得的收益变小,开发新算法才显得必要,"路径依赖"才可能被打破。对文明而言,每一个文明由无数种算法交织而成,最优算法未必是最优选择,但是每一种算法都有一定的生命周期,这让新旧算法的更迭成为必然。他们也由此得出结论,历史的进程不可能是线性的。一方面,新算法会给社会带来重大转折,但也可能过于激进导致文明撕裂;另一方面,保守地依赖旧算法,文明将陷入停滞。一篇《算力视角下的路径依赖和路径锁定》,打破了自然科学和社会科学之间的壁垒。尽管他们的思想颇具独创性,但他们的结果不都是通过严格证明得来的。因此,他们的研究成果在学术界不仅没有产生什么水花,还遭受了广泛的质疑。

很快,他们的研究就无以为继了。原因很简单,他们实在太穷了。中年讲师没有多少学生,工资少得可怜。何况,他们的课题看上去毫无用处,科研经费也申请不到。一点点微薄的工资无力支撑庞大的研究计划,中年讲师到处磕头筹钱,研究工作几乎停滞了,那是他们最痛苦的时候。

因为一个偶然的机会,他们接触到一些企业家,得到了把研究成果商业化的建议。说干就干,他们用大脑注意力机制的研究结果,开发了一个聚合类新闻手机应用。中年讲师背着家里抵押了唯一的住房,弄来一笔钱。谁能想到,这个应用很快就流行起来。而中年讲师坚决不要任何股份,让男生成为公司唯一的创始人。几年后，男生取得了商业上的巨大成功，二人创办的三生科技在国际上打出了名声。身为老板的男生随手可以买下西湖边的豪宅，但此后十年里，他依然住在玉泉校区4幢一间寒酸的宿舍里。

那个女生也不甘示弱，她沿着能量约束的方向，一头扎进神经活动和能量的耦合机制的研究中，她的发现可以用惊人来形容。在落魄讲师的带领下，他们在两条工作线上各自取得突破。直到有一天，这位讲师告诉他们，在算力和能量背后有一个更大的机制，两条线终将交汇在一起，构成了某个宏大计划的一部分。

真相正在一点点浮现，但这真相太痛苦、太残酷。表面上，周一刻是整个老和山大学最不出色的学者，他几乎没有朋友，也少有人关注。而在平行时空里，他是另外一个人。一想起他的脸、他的声音、他的惺惺作态，我就感觉想吐。我不过是个被他欺骗了二十年的可怜虫。而妈妈呢？她又知道多少？她总是为他的失意打抱不平，从不允许我说他一句坏话。到头来，她拼命维护的竟然是个彻头彻尾的谎言。

老陆说得对，我没法撇清和这件事情的关联。我平静的生活完蛋了，彻底完蛋了。想到这里，我的怒火快从身体里喷射出来了。我暗暗把大拇指指甲戳进食指里，强迫自己冷静下来。眼下愤怒是没有意义的，我必须弄清楚他和陈三石的关系，以及这伙人的企图。那虚伪的假面下，那黑暗的角

49

落里，到底埋藏着多少秘密？

师姐似乎察觉了我的情绪，停止了讲述。透过办公室的窗户，她望向远方，一阵风吹来，缠绕着老和山的云雾渐渐褪去，显露出苍郁的丛林。

第七章 力比多方程

过了一会儿，我的呼吸恢复了平静。当我再次望向她的时候，她正转过脸来。我们的视线碰在一起，不免有些尴尬。她带着些许无奈，说道："你们俩，谁都没有错。只是中间有些误会。"当她说到"误会"的时候，我感到心脏被挤压了一下。一种无名的愤怒，又从心底升了上来。

师姐感受到了我的情绪，起身倒了两杯茶，把一杯轻轻推到我的面前。我默默地接过茶杯，没有说话。

她低头抿了一口，语气变得更加小心翼翼："他现在……非常需要你，你是他唯一的亲人。他的状态非常糟糕，糟糕到……"她的声音越来越轻，眼圈竟然有些泛红。有些事情已经到了必须面对的时候，她不说我自然也要去找那个老东西。更何况，还有朱莉要带的话。但眼下，师姐是唯一的线索，还有很多事，我需要找她问个明白。

于是，我打定了主意，冷冷地说："你刚说的那些，我一点都不知道，我和他还有见面的必要吗？"

师姐忽然抬头看着我，神情逐渐变得严肃。她一个字一个字地说："他不说，一定也是不得已。有时候，知道的越多越痛苦。你想再听个故事吗？"

这话说的，想听吗？当然想听。古卷没了，朱莉死了，留下层层叠叠的迷雾。哪怕前面是刀山火海，我也得走下去，更不要说一个什么故事。

"讲吧，我倒要看看周一刻还有啥……事。"顾及师姐的面子，把"见不得人"四个字又咽了回去。

"那……你得答应我，去看看他。"她紧张地看着我，等待着我的回答。我艰难地点了点头。

她看起来有些释然，缓缓地端起了茶杯，似乎在整理思路，然后开始了字斟句酌地叙述："大二那年，开学后的第三天，我在教室门口撞见他。我们随口聊了两句假期的生活。他冷不丁地问我生命进化的动力机制是什么？"

我简直被这话气乐了，说道："很多学者都有一种病，上了年纪就会研究一些宏大又不可能的问题，没想到他发病这么早。谁要是问我这样的问题，我非骂他不可。"

"我当时一下子懵了。老师看我答不出来，让我回去好好研究。他说这里面大有文章，有两个无法解释的断点。"

"断点。什么断点？"我装作心不在焉地转着茶杯，暗地里却打起了精神。

"学界一般认为，生命进化的动力是自然选择和基因之间的互动。可老师说,这根本解释不了这几万年来发生在人类身上的事。"她停顿了一下,接着说,"6万年前,差点灭绝的人类的进化十分迅速,一下子把动物们抛在了身后。奇怪的是,没有证据表明这几万年,自然选择的压力突然增加了。情况甚至有可能相反,自从我们学会了盖房子、种地、织布,来自环境变化的压力可以说减少了。从另一方面看,6万年前克罗马农人和现代人在基因上差别很小。也就是说,进化动力在变小,基因的变化也不大,而人类的发展在加速。老师认为,这个古怪的断点隐藏着进化的真相。更奇怪的是,学界有条不成文的规则,进化论只负责解释智人诞生以前的进化史,再之后就交给人类学了。他认为,进化论和人类学是两个逻辑、两种方法。人们之所以这么做,是在拒绝一个更强有力的理论。"

一听这话,我的火气腾一下子上来了,瞪着眼睛说:"这是疯了吧!学者们故意在隐藏进化的真相,开什么玩笑!他不懂就闭嘴。"

"怎么说……这事有点复杂。"看我一脸愤怒,她试图缓解一下气氛,说道,"我先问你两个问题吧。白娘子跟法海说,老禅师,我已脱胎换骨拥有人身,是一个有血有肉的人,拥有人的感情,她内心的潜台词是什么?还有一部电影,好像叫……《赛博朋克2099》。当仿生人露西临死前问大卫'我是不是一个人类'的时候,为什么整个电影院一片哭声？"

"这都哪儿跟哪儿，进化和白娘子又有什么关系？师姐，我快被你弄晕了。你说这些到底什么意思？"对于师姐迟迟不进入正题，我有点焦急。

师姐狡黠地笑了笑，说道："这说明，在你潜意识里，这些都是再自然不过的事。如果我们去回想一下这种想法，就会发现其中有很深刻的历史根源。几千年来，我们一直在追寻自己的本质，寻找自己在世界中的位置。在文明的早期，我们的神是以动物形象出现的，补天的女娲是人头蛇身，古埃及的太阳神甚至是只圣金龟。至于人，反倒没有那么重要，可以成为奴隶，甚至可以被献祭。从周公建立人间秩序到普罗泰戈拉说出'人是万物的尺度'，人们开始通过种种努力确立人的主体地位。但真正把人类和万事万物区分开来的，反倒是造物主。我们借着他的口，奠定了人类超然的地位。文艺复兴以后，我们就已经没有那么需要神谕了。我们在人类的尊严之上建立了文明最底层的逻辑，把人类的尊严变成了一切意义、价值、道德、法律的根基。这其中，人类的独特性一直占有非常重要的位置。"

"这么说倒是……在我们内心里，人类确实是与众不同的，或者说比其他事物高等。不然，我们怎么好意思把大猩猩关在动物园里？又怎么好意思用小白鼠来进行实验？"

"就是这个意思。可达尔文进化论发表以后，人们忽然发现这个底层逻辑没有那么可靠了。我们用进化论剖开人类的身体，发现里面全是动物的骨头。谁也不敢再往下切了，再切下去保不齐就是裸露的电线了。"

师姐的意思我大概听懂了，进化论暗示人类没有什么特殊性，对于当时的人们而言这确实是一个很严肃的事情。我忽然想起来，坐我对面的张姐，经常抱怨机器人做的蛋炒饭没有灵魂，潜意识里多少有点看不起机器人的意思。但王胖子的看法却截然相反，就说师姐提到的那部《赛博朋克2099》，当大卫在知道自己也是仿生人后选择自我了结。王胖子的评价是，充满着"人类中心主义"式的傲慢。想到这里，我迟疑地跟学姐说："按你的说法，如果没有了独特性，人类文明的底层逻辑就站不住脚了？"

"至少缺胳膊少腿了。按照达尔文的说法，人类一点儿也不独特。进化论还暗示了一些让很多人担心的事情，比如我们是不是进化理想的终点，这种担心直到今天还有意义。这些问题足够引发一次人类精神世界的动荡。第二次世界大战以后，以博厄斯为首的一众人类学家意识到，绝不能用进化论来研究文明演化，甚至绝不能跟人类生理基础沾边。于是，他们开始把希望寄托在生理以外的东西。可现在的人们已经不再相信什么神谕了，他们只好用另一种身体以外的'文化超有机体'来解释。老师说，这种解释太过牵强，不是什么科学，而是一种无奈的道德选择。"

这番话，让我背脊一阵发凉。师姐无非想说，周一刻不是一个白痴，研究是很有逻辑的。但她这么一解释，反倒暴露了问题的本质。周一刻并不是糊里糊涂，而是主动地踏上了一条不归的邪路。这也解释了为什么他们从来不敢发表研究成果，与人类文明发展潮流相左的研究一定会让他们成为众矢之的。更让人心痛的是，师姐的态度非常暧昧。替周一刻辩护，其实也是在替她自己辩护。想到这里，我的胃忽然有点儿痉挛。

师姐显然没有关注到我内心的细微变化，继续说道："这种选择，让我们对人类进化的研究延缓了200年。老师说，这个问题不能再拖了。过去几百年文明的发展速度，比什么时候都快。我们将很快面临一个奇点，含含糊糊对待这个问题，恐怕有一天，它将以我们最不想要的方式找上我们。他的想法是，既然进化论和人类学之间有一个断裂带，两种逻辑几乎无法对话。此时我们需要退回到一个更基本、更宏大观察点，那就是能量。"

我伸出大拇指说："你说的没错，果然够宏大，哪个问题和能量没有关系？这么宏大的问题交给大二学生去研究，这不是坑人嘛。"

师姐无奈地说："你说的……倒也没错。在我之前，一个师兄在这个问题上研究了好几年，一点儿进展都没有，另找出路去了。走之前他劝我说，这是一个无底洞，不要往里跳。

但当时,我根本听不进去。"

我叹了口气说:"也不怪你,大二学生哪经得起老师忽悠。"我试图替她辩解,实在不想师姐和这件事有任何关联。我又问:"那后来怎么样?"

"没有任何头绪。大脑三约束说大脑的能量是有限的,意思是说大脑应该节省资源,但大脑明明又是个能量黑洞,有着大量没有意义的开销。这些线索相互纠缠、相互矛盾,搞得我痛苦不堪。老师和男生研究做得很顺利,而我浪费了整整三年,始终不知道从哪儿入手,一直在怀疑自己是不是搞研究的料。毕业论文刚答完辩,我爸就一天一个电话,催着我回去接手洁具生意。"

"那你怎么办?"

"不想回去,却也不知道留在学校里干什么。每天睁眼第一个感觉就是慌,慌得没着没落。一天天耗着、漂着、荡着,也不知道岸在哪里,有时候实在抗不住了,就去老和山大哭一场。"说到这儿,师姐的眼睛又有些湿润了。

"哎!你也不容易。"我垂下眼睛,端起稍冷了些的茶杯,抿了一口。话说起来,谁又不是在人海里浮沉,大部分人一辈子都没找到什么彼岸。要不是端方古卷丢了,我不是也在博物馆混日子吗?可眼下的情况,也不知道什么时候是个头。想到自己的处境,我不禁难过起来。

师姐从忧伤的回忆中回过神来,努力让自己镇定些,继续说道:"后来有一天,突然收到我爸的来信。信上说,他终于明白了。他不想等到老的时候被我责备。他让我尽全力去追求自己的理想,要是坚持不下去,随时都可以回去。信里还说,他把公司的股份都转到我的名下了,又寄来一些股东资料和财务报表。看完信,我大哭了一场,却也一下子想通了。"

"怎么,你还是回家做生意去了?"我惊讶地问。

"当然是没有!"师姐瞪了我一眼说,"其实,是我终于看懂了……那些财务报表。"

"财务报表?!"

"你没听错……我家公司不算大,可少说也有几千个人,我爸不可能去管理每一个人。他平时的工作,就是看各种报表。小时候,他就经常对我说,最重要的是看ROE(净资产收益率)之类的数据,我从来也没放在心上。可这次再看到这些数据,我的脑袋突然嗡了一下,每个数字之间仿佛建立起了联系,相互对应,最后汇在了一起。天呐!不会在人体里也是这样吧。一瞬间,所有事情都联系起来了。人体有50万亿个细胞,比一个公司更加庞大。公司的资源是有限的,如果没有整体性的评估和系统性的管理,那么公司会散架,同样,人体也会崩溃。既然我们已经意识到人类存在能量约束,那么我们有理由相信,大体内有一种算法能够考核和评估能量转化的效率。"

"你爸太神了。看来很多事情道理是相通的，不过一般人很难发现这里面的关系。"我感叹道。

师姐很有深意地朝我笑了笑，接着说："要不说，他是我亲爸呢。想明白这些，我一下子有了使不完的劲儿。可问题又来了，去哪里找人体中对应的存在呢？"

"你说这个事很有意思。公司的考核倒很好理解，无非是干了多少活挣了多少钱，可……不同机构还真不太一样。我们博物馆不在乎赚钱，主要看访客数和展览数。那人体到底考核什么？"

"你问到点儿上了，这就是问题的症结。既然能量是有限的，那么它的转化不可能是漫无目的的。我当时想，我们是适应的产物，那么考核的很可能是适应性。"

"适应性？这玩意儿太玄乎了，怎么考核？"

"我当然设计不出这个指标，不过我们的身体知道，它对适应性的评判是无所不在的。比如吃了一个坏苹果后那种难受，又或者是恋爱失败后的痛苦。还有，演出成功后听到掌声雷动时的成就感。这些都是。"

"你的意思是，我们所有的感觉和情绪，都是对适应性的评判？"

师姐点了点头，说道："全部都是。只不过当时，我并没有办法测量他们。"

我再也装不出不在乎的样子，央求她说："师姐，别再卖关子了,你后来是怎么解决的?"

"别着急,故事才讲了一半……2035年可能是4月份,我去成都参加一个学术会议。快结束的时候,会议临时安排清华的王天玉介绍多递质探针。他的报告非常精彩,我马上意识到,神经递质的浓度可以反映出情绪和感受的强度,而用探针就可以测量他们。散会以后,他急着回北京。我不想错失这个机会,紧跟着去了机场,追着他买了同一班航班,换到了他身边的位置。一路上,他讲了很多探针的细节,我越发确定这是我想要的东西。后来,王天玉寄来了一些探针样品,我在老鼠身上做了些实验,但得到的数据让我根本摸不着头脑。那会儿我开始怀疑……王天玉的探针根本不是给动物用的。"

又是一个疯狂的科学家,我心里咯噔一下。

"后来的一个周六……我又飞到北京,直截了当地跟他说,动物实验做不出什么东西,不如你在我脑袋上试试。"他一下子愣在那儿,过了半天才说:"咱俩一起试,要出事一块儿完蛋。"

我不自觉地直起身子,问她:"那结果怎么样?"

师姐似乎又陷入了某种回忆之中,缓缓地说:"这也可能是人类历史上第一次有创的大脑监测,他的一个女助手哭着就跑了。当天晚上,我烧到了41度,烧了整整三天。王天玉也没好到哪里去。后来,我们花了半年多时间,找到了改进方法。探针被政府批准进行人体实验以后,王天玉一下子就出名了，很快升了正教授。他对我很感激，把一些技术要点都告诉了我。我比较笨，就按照他的方法，把样本数量扩大了 100 倍，对受试者的观察时间也扩大了 100 倍。"

我已经顾不上接茬了，只感觉太阳穴一直在突突地跳。她完全没有停下来的意思，接着说："这样忙了两年多，终于有了足够的数据。当我把激励性神经递质浓度减去惩罚性神经递质浓度，再和血糖代谢物的数值相除，得到的值在屏幕上随时间变化形成了一条有规律的曲线。"

"这就是你要找的东西？"我双手抓紧椅子的扶手，急切地问道。

师姐的眼睛里散发出一种光芒，她说："我当时只是幻想能有那么一个方程，哪知道它真的出现了。我们无意之中推开了一扇古老的大门，里面埋藏着生命的秘密。"

我迫不及待想要听到下面的内容，声音紧张得有些颤抖："这个方程……到底说明了什么？"

"实际上 30 年前，科学家们就已经意识到问题了。很多精神类药物有时候并不如安慰剂有效，这就说明我们对精神类疾病的治疗逻辑出了问题。而这个方程告诉我们，精神疾病很有可能是一种能量策略。如果那条曲线在 4 至 6 周以上维持低位，意味着能量转化效率过低，人们会感觉到动能不足，容易陷入抑郁。于是，我们的身体会采取更加保守的策略，减少能量摄入，等待算法的调整。而焦虑表达了曲线的波动风险，促使人体激发更多能量的支出，去获得更多信息，消除生活中的不确定性。160年前弗洛伊德认为，心理能量和生理能量存在一种神秘转化机制，这条曲线大概就是他想说的东西。因此，我们把他命名为'力比多方程'。"

"你的意思是精神疾病根本不是疾病，而是某种能量管理？这简直太颠覆了！"我有点儿不相信自己的耳朵。

师姐刻意平复了一下激动的心情，点了点头说："力比多方程就是这几万年来，人类进化的真正动力。他给了人类最大的自由，也带来了最深的痛苦。这个自然选择最伟大的设计，无意中给人类带来了巨大的内在压力。进化的发条之所以能够不断被拧紧，正是依靠这股不竭的精神驱力。未来有一天，如果你真正理解了力比多方程，你就会发现，人类的悲欢如此不同，人类的悲欢又如此相同。"

直到现在，我仍然难以相信自己听到的一切。难道说，他们发现的，竟然是可以描述人类本质的方程？如果人类只是一组算法，那怎么演化出爱恨情仇交织的文明？我们的快乐、我们的痛苦，难道只是适应进化的工具？人类的自由意志，难道只是一个谎言？我对张琳琳的好感呢，真的是神经系统的一次运算？像师姐说的那样，如果对生命的认知被推倒了，那文明的一切的逻辑将被重写，冰冷的理论将杀死所有的温情。此时此刻，我已经顾不上猜测周一刻的阴谋了，反倒是去寻找师姐话语中逻辑的漏洞。如果他们的发现站不住脚，那一切都烟消云散了，世界上只是多了几个有妄想症的病人。但如果不是呢？如果疯子们掌握了人类的底层密码，那他们又会怎么做？我越想越害怕，忍不住打起哆嗦来。

"如果……这个发现没错，真的……可能改变历史。"说出这句话的时候，我感觉自己气息十分微弱，心脏好像被揪住了一样。

师姐意味深长地看了我一眼，闪过一丝苦涩的表情："实际上，并没有改变历史，而是改变了我自己。几乎就在同时，老师指出了一个问题，一个可怕的问题。我一直在问自己，有没有后悔参与文明边缘计划。或许有一天，你同样会责怪我，但我没有更好的选择。"说这些的时候，她的嘴唇一直在微微颤动。

就在我愣神的工夫，师姐已经离开了，偌大的办公室只剩下我一个人。门黑洞洞的，像一只窥视我的眼睛。一切都是假的，从头到尾，每个人、每件事都是谎话。关于我的一切都是假象，我的家庭，我的工作。连我自己也是假的——一组算法。周一刻是幕后的主使人，甚至还包括我死去的爷爷。他们不仅有一个完备的理论，还形成了一个关于文明的计划。难道我们的生命和文明之间真的存在我们不知道的关联？我隐隐约约感受到一种邪恶的力量，在把我推向一个深不可测的地方。我告诉自己必须冷静，可我无法遏制全身的血液冲击大脑。只有一件事情是真的，文明边缘计划真的存在。

走出第三教学楼的时候,已是傍晚,校园变得格外空旷冷清,远处传来的电子音乐在校园里回荡,听起来格外迷幻。我敞着大衣,失魂落魄地走着,心情无比沉重,仿佛周围的一切都在瓦解、坍塌。

第八章 熔炉

从师姐那里回来,那些可怕的念头在我脑海里挥之不去。到了早上6点,窗外都蒙蒙亮了,我才迷迷糊糊睡过去。起来以后,仍然觉得身体疲惫不堪。我匆匆冲了个澡,从乾坤酒店后门出来,准备去西湖边转转。一边走,一边盘算下一步的计划。

"我替你表白了!"背后传来一个声音,听着非常耳熟,我转身一看,竟然是王胖子。

"你怎么来了?"愣了几秒钟,我才回过味儿来,猛地朝他冲了过去,"看我怎么弄你。"

王胖子见势不妙,撒腿就跑,边跑边气喘吁吁地说:"你饶了我吧!我……我是来投奔你的。"

"你这家伙……是不是神经病,没事……跑杭州来干啥?"我一个箭步,一把薅住他的后脖领子,这小子一通咳嗽,终于不跑了。

我手一松，王胖子向后一个趔趄，喘着气说："你……你太不够意思了，盗窃大案这么刺激的事，居然不叫上我……我跟馆长请了大假，专门做你的跟班。"

王胖子这么说，让我瞬间百感交集。经过这一切，我已经不是以前的我，而他却依然是天真的王胖子。我当然希望他能留下来，甚至想要拥抱他一下。可他哪里知道，眼下的事情万分凶险。

"赶紧滚。"我心里纠结极了，加大步伐朝前走。

王胖子跟在我后边，絮絮叨叨地说："你个没良心的……山田佳子谁介绍给你的？要没有我，你能破解端方古卷之谜？求你了，我太无聊了。"

本来局面已经够乱的了，再加上王胖子搅局，我的脑子快要爆炸了。我正琢磨着怎么摆脱他，听到他在背后高喊："你想不想知道杭州电力出了什么问题？"

这句话一出口，我立刻放慢了脚步。王胖子他爸也算北京的头面人物，他也因此认识了各行各界的人。杭州电力是一条重要线索，也许对我了解真相有点儿帮助。想到这里，我对他的态度也缓和了一些，骂了一句："成事不足败事有余的东西。"

"那你就是答应了？"王胖子激动地蹦过来搂住了我，"咱们兄弟双剑合璧，大杀四方。"

我嘟囔着问了一句："你到底跟谁表白了？"

王梓雄眼珠轱辘一转，忽然明白了什么。他叫嚷起来："我去，你小子是不是人啊！山田佳子和张琳琳你都想要！"

"我们成年人，不做这种选择。"我摊摊手说。

"禽兽！"王胖子咬牙切齿地说。

到了最后，他也不肯说跟谁表白了。我倒是希望他替我跟山田佳子表白，那毕竟是一条重要线索，我不想轻易放弃。但要是张琳琳怎么办？她那么天真那么单纯，我实在不想让她这时候被搅进来。或许，等一切结束了……我脑子里开始胡思乱想。

王胖子的到来，多多少少给了我一些安慰。不光是这样，他很快展现出了惊人的能量。第二天，他去找了杭州电力公会的头儿，打探到了不少情况。由于新世界最大的虚拟空间大罗天的存在，杭州是电力消耗中心，以往用电量占国内的9%。可就这一年多时间，电力消耗几乎增加了一倍。再加上每半年单位算力的能耗都会下降，对应算力的增长更是惊人。一切都在显示，有一些事情正在发生。

"电力公会的冯叔叔说，电力的供需匹配是老大难问题。水电、火电、核电、太阳能、风能，各有优缺点。风电和光伏稳定性比较差，需要大规模的储能设备配合。核电固定成本投资大，一般用来满足基础负荷。燃气和水电的调峰能力最好，但是燃气的碳排放太大，水电又有季节性的波动。"

"停停停，卖弄啥啊？"我不耐烦地打断了王胖子冗长的发言。把别人的说辞当成自己的想法说出来，是王胖子的一贯做法。

"别着急啊，等我说完。"王胖子挪开我的几件衣服，一屁股坐在沙发上，摆出一副打算长聊的样子。

"都什么时候了，别磨磨唧唧的。你别以为我不懂，现在比几十年前强多了，到处都是储能设备，还有很多抽水蓄能电站。再说，大部分家庭电能都自给自足了，电动汽车这种都自带储能的。再有个几年，核聚变能源投入使用，一切能源问题都成过去时了。"

"就是因为过去都太平稳了，不需要什么冗余。冯叔叔说，这些年电力行业有句话，冗余就是低效，低效就是浪费。可好巧不巧，没风、阴天、没水全让我们给赶上了，杭州出现了三次大的停电，上面都急了。"

"好几十年没听过停电了，怎么这么倒霉？"

"简直是倒了大霉。"王胖子夸张地说，"这只是供给的问题，分配的问题更要命……"

"分配上又出啥幺蛾子了？"我开始聚精会神听王胖子讲。

"现在的电力管理系统太复杂了，人类操作员根本搞不定，全部都交给人工智能了。哪知道，用电尖峰频繁出现之后，人工智能居然出了故障，而且一直找不到原因。冯叔都得焦虑症了。"

"焦虑了啊……"一种想法在我脑袋里清晰了起来,我嘟囔了一句,"看来这人工智能还不够智能,他要是会焦虑,你冯叔就不用焦虑了。"

"别打岔行不行?你到底有没有在听我说话?"王胖子瞪了我一眼。

"没事,我随便说的。你说你的。"

"后来上面派了几个高手,事故原因终于找着了。也不是人工智能出了故障,而是原来设定的优先级出了问题。"

"啥意思,用电有优先级,谁优先?"

"哪个单位没优先级?馆里的经费哪次不是优先保障你们部门了?你别得了便宜卖乖……"一说到这个,王胖子还是有点愤愤不平,"我跟你说,医院、交通、学校肯定得优先,不然社会就停摆了。优先级管理 30 年没有触发过了,这几次用电尖峰出现的时候,供需两侧同时出了巨大的波动,叠加起来,原来的几层防线全崩溃了。人工智能根据原来设定的优先级,把西湖景区的灯光给关了,断桥上出现了踩踏事故。事故的元凶……"王胖子突然凑过来,压低声音对我说,"就是大罗天。"

"我的天,太惨了。不过这事……也不能全怪人工智能,优先级到底是人设定的。陈三石的优先级高过西湖景区,这不是脑子进水了吗?"

王胖子把吃了一半的巧克力扔在桌上,忿忿地说:"别人

67

都傻，就你聪明？他们是绝对的大客户！旧世界哪有什么增长，业绩指标全指着他们呢。大罗天的用电很有节律，消纳的还是低谷电，简直是优质客户中的优质客户。再说了，大罗天的玩家遍布全世界，谁敢先停他们？"

"行行行，我不懂行了吧。照你意思，经过这么档子事，他们还是优先？"

"优先级肯定是要调了，怎么调杭州这边定不了。"

"那现在是个啥情况？这大罗天怎么了？"

"这不是跟着你到处瞎跑，我都好久没登录了。总之，反常必有妖！问题是妖在哪儿。陈三石那边完全拒绝沟通，不作任何解释，简直是傲慢透顶，冯叔叔他们现在非常被动。不过……"他扫视了一下四周，低声说，"他们发现，问题都出在大罗天的运算中心上。离我们最近的一个，在钱塘江底。"

"这儿就我们俩，你装什么神秘。那你打算怎么着？"

"咱们晚上吃什么？"

"都什么时候了，你还想着吃？！"

"不行，我要吃龙井虾仁和西湖醋鱼。我都来好几天了，一顿好的都没吃。"

"王八蛋，你还想讹我？"

"瞧你这扣扣搜搜的样儿。我建议以电力检查的名义，去陈三石的数据中心检修电力设备，查明真相，冯叔叔很爽快地答应了。好了,我可以要双份了吗?"

"你简直是小天才!"

"为你的事,我还出卖了色相,答应冯叔叔和他女儿见个面。她闺女比我还壮……"王胖子一脸委屈。

"壮点好,这不正对你胃口?"

"说得我都饿了。据说……有个叫楼外楼的餐馆。"

"我点八份西湖醋鱼,看看吃不吃得死你。"

那天晚上,我睡得很沉。忽然听到门外有窸窸窣窣的声音。我昏昏沉沉地推开门,看见有人端着一盘油焖笋从厨房里出来。我仔细一看,竟然是妈妈。我的脑子嗡得一声,霎那间脱口而出:"妈,您怎么在这儿?"

"我不在家,我去哪儿啊?你不是吵着要吃油焖笋吗?"我妈有点不高兴了。

"快吃吧,一会就凉了。"

我在四方餐桌边坐了下来,我妈盛了一碗米饭。那油焖笋太香了,而我正饿得发慌。妈妈坐在对面,安详地看着我一口一口吃下去。

"工作很忙吧?"她问。

"妈,我都好久没去历史博物馆上班了。"

她拿手背碰了碰我额头,摇了摇头说:"傻孩子,真是忙糊涂了。那是你爷爷以前的单位,你不是在杭州图书馆吗?"

我想了想,好像是我弄错了,可能是睡觉睡糊涂了。

妈妈说:"孩子,你有女朋友了吗?"

"有!"我打开手机里的相册,里面只有我和佳子的合影。那张照片明明是三个人,王胖子却消失了。

"啧啧啧,真好看。哪天带回家,妈妈给你们做好吃的。"妈妈一脸幸福的样子。

"妈妈,你相不相信命运?"我抬起头看着她,等着她的回答。

她想了想,温柔地说:"傻孩子,哪有什么命运,只有自己的选择。再去睡会吧,你最近太累了。"

我还想和她多聊会儿,可朦朦胧胧之中,我感觉有个硕大的身影站在我床边。我睁开眼睛一看,竟然是戴着面具的黑衣人。我吓得一个激灵,浑身汗毛都竖起来了,迅速踹出一脚。黑衣人闪身躲过,朝我扑过来,一拳打在我的脸上。我一个侧翻,滚到床的另一边,抄起了一个台灯。

突然啪的一声,房间的灯亮了。黑衣人摘下面具,我惊叫了一声:"死胖子,你这是在干啥?!"王胖子整个脸都耷拉下来,嘟囔着说:"你神经病吧。"我这才看清楚,他戴的是施工用的大口罩。一时间气氛非常尴尬,我太紧张了,像是得了癔症。

"睡醒了没,睡醒了就赶紧出发!"他没头没脑地来了一句。

"去哪儿?"

"当然是钱塘江啦。"

我终于明白过来，转念一想说："用点脑子行不行？穿成这样去，会不会被人打成猪头？"

"你当我真傻啊。"他把上衣一脱，里面是一身深灰色的制服，左胸口上写着杭州电力公会。他从背包里拿出一个鼓鼓的塑料袋，扔在我的面前。然后头也不回地出门了。我挠了挠头，不知道这小子又要讹我多少顿饭。

王胖子不知道从哪儿弄了一辆工程维修车，漆已经掉得差不多了，像是用了很多年。他跳上车，很快就在后排睡着了。当车子在钱塘江边行驶的时候，远处的海天之间出现一道白练，浩浩荡荡朝着我们涌来。谁能想到，秦始皇眺望的海面中央，藏着天大的秘密。

行驶了个把小时，我们在盐官附近的码头停了下来，王胖子让司机下车，自己跳上了驾驶位。一艘摆渡船晃晃悠悠从远处的水面开了过来，船上一个穿蓝大褂的人，朝我们挥了挥手。按照他的指挥，王胖子把车开上了摆渡船，船载着车，向着钱塘江江心行进。快到江心的时候，水面上忽然出现巨大的漩涡，不一会升起一个五米见方的钢制平台。蓝大褂一个箭步跳上平台，示意我们往平台上开。车停稳了以后，四周的地板缓慢地裂开，我们随着平台往下降，到江心去了。我和王胖子在黑暗中面面相觑，不知道接下来会发生什么。

迎接我们的是四个穿白大褂的人，可能是长年见不到太阳，他们的皮肤比王胖子的还白。对我们的到来，他们很是不悦，一个个脸拉得老长。王胖子很会随机应变，马上板下脸来，拿食指点着为首的高个儿，不客气地说："你们这帮人怎么回事？再不配合检修，就给你们停电。"高个儿的脸色很难看，压着火说："那你们还不赶紧。"

趁王胖子跟他们斗嘴的工夫，我仔细观察了一下四周。我们站着的地方，看着像个接待厅，四面全是混凝土墙。白大褂身后是一扇半开着的门，门后似乎是条长长的走廊。空气中弥漫着消毒药水和动物的腥味，要说这是数据中心，打死我也不信。高个儿眉头紧锁，越来越不耐烦。看着我四处打量，他凶狠地瞪了我一眼说："你们又不是公安部门，没事别东看西看。"王胖子一下子被点着了："你们整天神神秘秘，老是不进行维护。电力系统出了这么大故障，不把这儿关掉就不错了。"王胖子还真有两下子，对方的气势明显被压了下去，立刻不说话了。

高个儿跟其中一个瘦小个儿交换了眼神，迅速转换了行进的阵型。高个儿在前面带路，我和王胖子被两个人夹在中间。在狭窄的走廊里，王胖子时不时地喊一嗓子："别碰我！"我往后瞟了一眼，瘦小个儿立马凶神恶煞般地瞪着我。越往深处走，动物腥味越发浓重。走廊尽头是一扇门，左右两边又是狭长的走廊。王胖子停住了脚步说："把那扇门打开看看。"高个子没好气地说："机房不在这里面，往左走才是。"

"电力系统过载了,我们得查明原因,你们把门打开。"王胖子不依不饶地说。

两方僵持了一会儿,高个在矮个耳边窃窃私语,像是在商量对策。我被王胖子从后面猛推了一把,一个趔趄摔进那扇窄门,王胖子拨开身边的人,挤了进来,麻利地反锁了门。几个人看情况不对,咣咣砸起门来。

就在这时,忽然听得轰隆一声响,像是发动机熄火的声音,四周一片漆黑。几秒钟以后,应急灯亮了起来。门外的高个儿发出了惊恐的叫声:"王工程师,你们快出来,如果实验室有任何损失,你们俩要负法律责任!"

王胖子隔着门大骂:"你们把我们关在里面,耽误了检修,我们的损失你们赔不赔?"门外,传来阵阵嘈杂的脚步声和叫骂声。

我顾不上听他们吵架,打开了随身的手电。我们所在的房间相当开阔,大约有15米见方。中间摆着几个配着无影灯的精密实验台,每个实验台前有一张长条桌,上面摆着各种瓶瓶罐罐。右边墙壁上是一排显示器,正前方从上到下是一大块儿透明的有机玻璃窗,外面黑洞洞的,什么也看不见。左边的一扇门不知道通向哪里。我走过去拽了一下门把手,失效的电磁门竟然露出一条缝。王胖子用手电晃了晃,示意我进去看看。我只好一步一颤往里走。

从电磁门出去，是一条窄窄的走廊。我往四处照了照，顶上是一排喷水装置，地上有一个半米宽的水池，上面漂浮着让人恶心的深棕色毛发。周围安静极了，只有我踩过地板发出"嘎达、嘎达"的声音。我往前走了十几米，拐角的地方又是一扇门。我一拉开门，腥臭味扑鼻而来。在那看不见的深处，传来一阵窃窃私语和喘息声。我的头皮开始发麻，心脏突突地狂跳。

我刚试探着走出去两步，只听见身后的电磁门咔哒一声合上了。离我很近的地方，有人轻声叹了口气。那声音离我如此之近，仿佛有一口气吹在我脸上。我吓得打了一个趔趄，手电筒滚出去好远。顺着手电筒的光柱，我发现在这条走廊的两边，竟然是一道道铁栅栏，每个栅栏里都有一个张望的脑袋。我转身朝向那个声音，那个叹气的脑袋正用一双大眼盯着我。这怪物体形硕大，浑身上下的毛发都褪掉了，皮肤皱皱巴巴，样子非常吓人。

我捡起电筒，往栅栏里照。怪物双掌撑地，快速的往后退，双手抱着脑袋缩到角落里，只用惊恐的眼神看着我。怪物所在的地方是两米见方的小隔间，顶上是一排通风孔。右边墙壁上有一个屏幕，左边角落里是一个排便器。房间里似乎没有任何光源，怪不得这怪物对光线这么惊恐。

以我小时候养小动物的经验，它们最怕人们大惊小怪。我深深地吸了口气，缓缓把左手向栅栏里伸去，摊开手向它表示手里没有武器。顷刻间，那怪物腾了起来，闪电般朝我扑来。黑暗中我来不及闪躲，左手被这怪物死死抓住。他力量大得惊人，我根本抵挡不住，整个身体猛地撞在栅栏上。他的爪子扎进我的肉里，血立马顺着皮肤滴下来，疼得我眼泪都出来了。我死死咬着下嘴唇，好让自己不叫出声音，大滴大滴的汗滚落下来。这下死定了，说不定这老兄还会咬我一口，想到自己血肉模糊的样子，我不禁掉下了悔恨的泪水。

正在这时，电磁门被拉开。王胖子闪身进来，三步并两步冲了过来，从后腰扯出一把弹簧刀，对准怪物的爪子就要砍下去。我连连摆手，低声说："不要伤害它。"

正在我绝望的时候，怪物的手忽然松开了。我站立不稳，倒退了三四步摔倒在地。王胖子用脚踢了我一下，说道："瞧你这没出息的样儿。可别再冒失了，我去前面看看。"说完，就消失在黑暗中。

我蹲在地上，拿起手电照了照自己的左臂，幸好伤势不重。"你们……他们？"怪物喉咙里发出了一阵低沉混浊的电子声，虽然音色诡异，但我听得真真切切。这回我彻底摊在地上，也顾不上去追王胖子了。

看着栅栏够结实，我少许安定了些，问他说："你……你会说话？"

"简单的可以。"

"那帮白大褂是谁？"

它捂着嘴,两只眼睛死命盯着我。我很快明白他们指的是那些白大褂,也许他们见它的时候,戴着口罩。

"怪物。"它的眼珠在黑暗中颤动了一下,浑身战栗起来。

"你们在这里做什么?"

"学习,死亡。"

我快被这没毛的大猩猩弄疯了。每句话都简短到无法理解。看到我不解的样子,它抓着栅栏,往左走了几步,又往右走了几步。我苦笑着摇摇头。

"错误,痛苦。"它蹲下来,抱着头,哀嚎了几声。

我懂了:"你们做错了,会被惩罚?"

它从地上蹦了起来,发出一声啸叫。黑暗里一片欢腾,所有的栅栏开始发出砰砰地撞击声。从门那边传来嘈杂的脚步声,然后是撞击的声音。黑暗里的温度开始上升,潮湿、闷热和动物的骚味,让人难以忍受。大猩猩们用力拍打栅栏,像即将越狱的囚徒。

"野兽。"它转身撅起赤红的屁股,四道新鲜伤口向外翻着,混杂着的血和脓,看得我一阵反胃。不知道哪里来的勇气,我凑到栅栏前,小心翼翼地再次把手伸了进去。它低下头,让我抚摸了一下,然后猛然握住我的手。

一道光线从远处晃了晃我,王胖子低声说:"准备撤。顶不住了,再顶要出大事了。"

"等等……"我用力握了下张只粗大的手,说了句,"再见,兄弟。"

话音未落,排风扇乌拉乌拉地转动起来。一道光亮从门缝处射了进来,十几个人冲了过来,几个人高马大的蓝制服把我和王胖子反剪着按在地上。高个儿气急败坏地说:"你们擅自闯入禁区,我要控告你们!"

王胖子一辈子没吃过这种苦头,立马吱哇乱叫,扯开嗓子大骂。越骂,那帮蓝制服手上的劲儿越大。就这样,我们被陈三石的马仔们塞进一辆破车,扭送到了盐官镇派出所。起初我心里一点儿不着急,反正还可以跟老陆求援,哪知道一进派出所,身上的手机被收走了。

陈三石的人在派出所一通咋呼,就差把我们说成杀人犯了,还说派出所要不把我们拘留,他们就派律师过来交涉。调查没有进展,还要在派出所浪费时间,我的心情很沮丧。王胖子低声安慰我,让我一会儿就跟警察说,他是主犯我是从犯,气得我狠狠踩了他一脚。

就在我们走投无路之际,神奇的事发生了。陈三石的人刚走,派出所的年轻民警竟然挥挥手让我们走。起初,我们俩还不敢相信,年轻民警笑了笑说:"怎么,还要我开警车送你们回杭州?"我们俩把头摇得拨浪鼓似的,一边点头哈腰,一边溜出了派出所。

一出门,王胖子立马打电话给冯叔叔,让那部工程车的司机来接我们。一通电话才知道是冯叔叔解的围,看来这冯叔叔心思细密，早就知道我们会闯出祸来。为了表达感激之情，王胖子答应，一回杭州就和冯叔叔的女儿约会。

虽然被放了出来，我还是很懊恼。除了发现陈三石在做生物实验，此行并没有发现电力暴涨的原因，大罗天里到底发生了什么也无从得知。闯了这么大祸，这条线索就算是断了。

思来想去，好像也只剩下了一条路可走。

第九章　禁忌之门

先民们非常擅长制造禁忌。

按师姐的说法，禁忌是先民们规训欲望的武器，驱使着他们向文明的方向释放算力。文明和禁忌究竟谁成就了谁，是个先有鸡还是先有蛋的问题。禁忌的制造过程一般比较残暴，实验室小白鼠要经历无数次电击，而我经历的是无数次责骂。她又说，禁忌并不会消除欲望，人们害怕这么做，可是又想去触碰它。

她说的没错。当转动门把手的瞬间，一种冰冷的恐惧感悄悄爬上我的脊背，好像有一双看不见的眼睛在背后盯着我。我下意识地往后看了两次，黑黢黢的屋里并没有人。"321"我默默念着，拧动把手。那扇老旧的木门，发出"吱嘎"的声音，仿佛证实了里面藏着久远的秘密。

所有的想象在开门那一刹那塌缩了。不到3平方米的小房间，挤着破旧的单人沙发和半人高的小书柜。我翻了翻几册积满了灰尘的书和学术刊物，并没有什么发现。很快，一个老旧的玻璃镜框吸引了我的注意，那里面镶着一张泛黄的双人合影。外国老人戴着黑框眼镜坐在木椅上，身后站着穿中山装的年轻人，背景是崇文门的新侨饭店。两人眉头紧锁，心事重重。

在一通翻找后，我彻底失望了，用手掸了掸沙发上的灰尘，一屁股坐了下去。忽然，我眼角的余光扫到了沙发边的小茶几，上面有本翻开的书，竟然是《文明兴衰录》。我拿起那本书，蹑手蹑脚地掩上门，惊魂未定地返回了客厅。

就在这时，角落里的一张椅子突然转了过来。椅子上坐着的人正在用双眼紧紧盯着我。一股浓重的酒味从他身上传了过来，一旁的茶几上，放了半瓶酒。

"你什么时候回来的？"我冷冷地问道。他没有说话，眼神里带着彻底的寒冷，也可能是愤怒后的绝望。长达五分钟的沉默之后，我决定先发制人："从小你就不让我进那个屋子，你在那里藏了些什么？"

"你想干什么？"他冰冷的语气让我不寒而栗。

我大声吼道："你想干什么？你到底有多少秘密瞒着我？"我的声音又提高了八度，"还有我妈！你对得起她吗？"

他冷笑了一声说："我答应过你妈妈，不让你参与。你为什么要搅和进来？"

"答应我妈妈？你还有脸说。把我从这个家赶出去，难道也是妈妈的主意？"我不再躲避他的视线，冷笑道，"你就是嫌我麻烦，想再娶一个女人？你直说啊，我可以自己走。"

周一刻气得发抖，猛然冲了过来，薅住我的衣领，狠狠地扇了我一巴掌。摸着火辣辣的脸，我却想笑："被我说中了？"他抡起手臂准备再次打我，被我一把搪开。我顺势往前一推，他便一个踉跄倒在地上。两行热泪从他浑浊的眼睛里流出来，掉在地板上。过度饮酒让他形销骨立，像是长满褶皱的布袋子。我冷冷地看着他，拍了拍被他弄皱的衣服。

也许是酒精的作用，他再开口的时候，有些含糊不清："那……那不是意外。"听到这话，我全身的血液唰地一下冲上了脑门。

他趴在地上喘着粗气，艰难地说："那辆车本来是撞向我的，撞向我的，你懂吗？"他说的每一个字都像是刺向我内心的刀，我忽然感到天旋地转，眼前一片漆黑。支撑我身体的力量立刻被抽空了，我双腿一软跪在地上，什么话也说不出了。

他的眼睛变得无神而迷离，直直地看着我背后的墙。"我抱着你妈妈从北山街狂奔到浙二医院。我的气息越来越沉重，她的气息却越来越微弱。"他突然睁大了浮肿的眼睛，"你知道吗？这样的痛苦，我没法再承受一次了。"这些话似乎用尽了他一生的力气,他栽倒在地板上,昏了过去。刹那间,我读懂了他,他的悔恨、他的委屈、他的愤怒。他只是一个沉浸在悲伤中的丈夫,一个要想保护孩子的父亲。想到妈妈,我的心就像刀割般疼痛,我正在伤害她深爱的人。我抱起他,把他轻轻放在床上。恍惚间,我看见了妈妈,一屋子的医生和护士在七手八脚地忙碌着,各种仪器上却再也没有一丝波动。

文明边缘计划像是一个诅咒,像是潘多拉的魔盒,给所有沾边的人带来灾难。下一个又会是谁?在看不见的黑暗里,有一些敌人一直存在。他们想要破坏、阻止文明边缘计划,他们比想象中还要残忍,还要没有人性。复仇的念头,就像猛兽一样在冲击着我的心。

不知过了多久,周一刻从昏睡中醒了过来。他坐在那里,很长时间都没有抬头。从他颤抖的双肩,可以感觉到他的内心正在进行激烈的斗争。沉默许久,他终于开口说:"你妈妈走了以后,杭州一直在下雨,家门口的那颗桂花树死了。这一生,只有她理解我,陪伴我。她在保护我,而我却保护不了她。你是她的命,我不能再失去你。一场暴风雨就要来了,你要活下去。"

"爸,我会好好活着。"我顿了一顿,小心翼翼地问道,"那么……文明边缘计划到底是什么?"

周一刻并没有回答,他起身倒了两杯威士忌,把一杯递给我。

"是一生的折磨。从6岁开始，我就极其痛恨冬天。那一年，我被周重生踢进了后海，差点没淹死。有一次，我只是偷吃了一点驴打滚，他就重重地打了我一巴掌，把鼻梁骨都打断了。在他面前，我不能表现出一丝丝软弱和恐惧。我不喜欢科学，只喜欢吉他。18岁那年，他按着我的脑袋在高考志愿上填下计算生物学。"

不，这不是我记忆中的爷爷。爷爷退休以后，就回杭州生活了。每次吃蛋糕，他总会把奶油全都给我，等我吃得差不多了，再默默把剩下的蛋糕吃完。一有时间，他就会带着我逛西湖，耐心地回答我的任何问题。小学一年级上信息课，爷爷半开玩笑地跟我说，世界是电脑模拟出来的。"那你是真的人吗？"我问他。爷爷没有回答，只是和蔼地笑着。爷爷的工作对我来说始终是个谜，我知道他是了不起的人物。但他从不提起他的工作，哪怕是一点点，似乎他从来就是一个退休的老头。

"爸……"我轻轻地叫了一声。这个时候，我不知道怎么安慰他，因为他怨恨的人，是我爱的爷爷。

"如果全世界的人都认为岁月静好，唯独你认为文明将会面临危机，那是什么感觉？你丝毫不会觉得自己是在拯救世界，而是被全世界抛弃了。酒是让我活下去的唯一理由，我用酒精来抵抗悲伤。世界上始终有两个我，清醒的周一刻痛苦不堪,他在一场永远也无法醒来的噩梦里。只有醉酒的周一刻相信他父亲,坚定得像一块无法融化的石头,知道自己肩负着责任。"爸爸握紧了酒杯,好让他的手不要乱颤。

"你恨他吗?"我小心翼翼地问。

"他是我的父亲,我没法恨他,我没法选择我的父亲。"

爸爸往杯子里续了半杯酒,继续说道:"而周一刻的儿子,我想给他选择。这是我一生……唯一坚持的事情。"

"所以你让我远离杭州,远离这一切,对吗?"

"小南,原谅我瞒着你这一切。我今年70了,这一生有你妈妈,有你,我知足了。我的噩梦快要结束了,你妈妈在天堂里等着我呢。儿子,你回去吧,让我和陈三石来面对这一切!我会给北京你赵叔叔,还有张馆长打电话,让你脱身。去吧,去没人知道你的地方,去过你想过的生活吧。"他不说话了,两眼看着墙上黑白的妈妈。

我小时候那个无所不能的爸爸老了。而在我眼里,此刻的他像是身披战袍的老将军,站在一座空城上,俯瞰万千的敌军。我默默地把手中的酒喝掉,任由酒精在我的胃里灼烧,直到浑身的血液都沸腾起来。

"虽然我可能还是理解不了你,但你保护了我这么多年,现在该我保护你了。我已经不是小孩子了,这是我自己的选择。"

"我知道,总有一天你会知道这一切。你刚出生时,我看着怀中的你，我就知道自己犯了错，一种终生无法弥补的罪过。有时候，我很想跳下去，可我舍不得你。"

"爸，这儿是一楼。"

他笑了，然后眼泪从他浑浊的眼睛里流了下来。我和他紧紧拥抱在一起，久久不愿松开。杭州，我回来了。

窗外，参宿四的光晕越来越大，在清冷的夜空中，像是盛开在南天门的花。很多事件就算再壮怀激烈，隔了时间和空间看起来，却是一派祥和。我走到窗前，看着这片陌生的夜空，内心升腾起苍茫寂寥的感觉。

第十章　爷爷的日记

"爸，文明边缘计划到底是什么？"

"这个故事很长，我也不知道从哪里说起。"他边说，边给自己戴上一顶脏乎乎的帽子。

"你这是要去哪儿啊？"

"我去西湖转转，小屋里有你爷爷的日记，自己看吧。"

爷爷的日记足足有三大箱，按照时间顺序被码得整整齐齐，中间还夹杂着一些年代久远的信。我在爷爷照片站了好久，然后打开了那些尘封的记忆。

1970 年 4 月 23 日，晴

金字塔以自然无法塑造的形制，极为突兀地出现在埃及平原。它要引起震惊、催人奋进、使人热泪盈眶。那是一座不朽的丰碑，光耀千秋地出现在人类文明的起点。人类的早期历史，就是动机从自然环境转向人类文明的过程，伊姆霍特普带我们跨过了那条金灿灿的线。重生

1979 年 11 月 5 日，暴雨

老先生长逝了。余必恪守誓言，直至生命终止。重生

1983 年 5 月 28 日，阴

总体来讲，马斯洛先生的理论并不让我十分满意。所谓需求的不同层次其实并非严谨的科学研究结果，更像是洞察的结果。相比来说，赫尔的驱力递减说更接近科学的方法。弗洛伊德认为，大脑不是什么神奇的东西，一切皆有生理基础，必有更深层次的理论。重生

1993 年 8 月 9 日，晴

在计算所的老孙处，试用视窗系统。惊叹、惊

叹、惊叹，一个属于计算的时代来临了。一刻已经8岁了，不能再让他浪费时间了，他得设法去做这方面的研究。重生

2003 年 7 月 14 日，多云

读史，心情颇沉重。西方对东方的歧视、种族对种族的歧视、白人对黑人的歧视，人类文明通过系统性的歧视，竭力避免驱力衰减带来的可怕后果。难道我们全部的文明，从头到尾建立在罪孽之上？……那些受歧视的人，用自己的血和泪，搭建了一座通向星空的巴别塔。如果可以，我将为他们建立一座丰碑。上面只有一个字："人"。重生

2036 年 5 月 12 日，多云

数万年以来，任何文明皆有不能适应的个体。现在，这一切都过去了。大罗天有无尽的虚拟时空，无限的算力前景，每个人都自由了！告别了，力比多方程！告别了，人类的苦难历程！重生

2040 年 7 月 7 日，阴

在漫长的岁月里，我们都承受了很大压力。难免有人伤心，有人绝望，有人无所适从。我已经很

老了,软弱开始侵蚀我,信心在一点点丧失。但愿使命感能帮助我们坚守初心,最终让文明走出困境。

重生

日记实在是太多了,我只是粗略地看了一遍,也花了大概十个小时。等我起身的时候,天色早已黑了。我这才发现,老周破天荒地给我炖了鸡汤,就放在我的床头柜上。手机上还有王胖子的五个来电和几条信息,把我一通臭骂。我顾不上理他,翻身上了床,梳理起整个事情的来龙去脉。

1972年的冬天特别寒冷。25岁的周重生从老和山大学毕业后,在历史博物馆工作了三年。有一天,上级指示他接待一个神秘的外国客人。一位垂暮之年的老教授怀着为文明求解的想法远渡重洋,试图从东方思想里找到西方世界的解药。当周重生谈到端方古卷,老教授立刻意识到了这份文物的价值。这份孤证,不仅让后人得以窥见历史人物的内心世界,更重要的是,其中隐藏着文明的密码。

此后的几天,二人竟然在崇文门的新侨饭店整整对谈了三天三夜。尽管看过很多珍贵的古代文献,老教授仍然被端方古卷的内容震惊了。特别是这一部分:

上埃及和下埃及王国的守护者,地上的荷鲁斯,我的保护神,伟大的左塞尔王已经病入膏肓。

王的身体依然强健，精神却日渐衰落，时常莫名哭泣。王整夜无法入睡，连他最宠爱的王妃鲁娜也无法抚慰他脆弱的心灵。当他向我祈求，用剑刺入他的心脏时，他苍白的面容犹如他死去的父亲。左赛尔王，埃及最伟大的统治者。他曾打败最狡猾的西奈人，威名到达了世界的尽头。他拥有人民的爱戴，每次出巡都会引来出山呼海啸般的掌声。他的后宫有着人们所羡慕的一切，尼罗河的珍馐，无数的奇珍异宝，以及让神惊叹的美貌。然而，这一切都无法让他快乐，王就像一个没有灵魂的躯壳。不知何时，王被魔鬼占据头脑的消息在王国上下流传。南方部落已经数次进犯我们的土地，狡猾的乌尔泰将军却拒绝出战。连年的饥荒，无穷的战事，让人民疲倦万分，祭司们开始称颂王子贤德。我彻夜冥思，焦虑万分……

我告诉王，我做了个梦，伟大的太阳神在梦中出现。他传授我绝世的方法，修一座通向天堂的宫殿，左塞尔王将因此永生，埃及王国将永世太平。起初，王半信半疑。但当我拿出太阳神传授的建筑图后，王的眼睛迸发出闪电。他像豹子一样狂奔，宫殿之中充斥着猛兽般的嚎叫……左塞尔王重生了。

我说纸草代表智慧，纸草变得如黄金般金贵；

我称圣甲虫为神，人们不惜以五个奴隶换取；我以七年饥荒为名，以太阳神代替赫拉斯，人们便崇拜太阳神。赫拉斯祭司陷入了疯狂，而人们敬畏我，崇拜我，歌颂我。

而我的内心也焦虑不安，千年之后，精力之泉将枯竭。我已经看到了战火从王国四处燃起。人们互相仇恨，复仇的烈焰熊熊燃起……

伊姆霍特普先知般的思考方式，震惊了老教授和周重生。他对于社会里每个人的行为动机进行了深入的分析。结论是清晰可见的，文明始于驱力创设、溃于驱力衰减。

此后几年，老教授又将古卷内容透露给了另一个野心勃勃的日本青年山田。不同的是，三个人走上了三条不同的救赎道路。老教授陷入了悲观主义的泥淖，呼唤一个创造性领袖的再生；更年轻的山田则痴迷于构建一个消除了人们内心杂念与欲望的世界；而周重生则认为要救赎人类文明另有出路。

老教授在一封给周重生的信里写道：

我已经九十岁了。回顾一生，我经历过许多可怕的战争，见过维多利亚时代灿烂的笑脸，也见过金门公园里颓废的青年。我不仅关心西方世界的兴衰，更关心人类的前途命运。毕竟，这是承载我们所有情感的文明。第二次世界大战结束以后，我被捧上过神坛，又被匆匆扫进了历史的故纸堆。当人们视我为图书馆里昏聩的老馆员，嘲笑我的忧虑时，他们没有看到我内心的悲伤。他们坐在校园安静的书桌前，手里端着醇香的咖啡，打磨着精致的理论，听不见早已远去硝烟和炮火。当宏大叙事进入黄昏，历史将敲响轮回的钟声。周先生，无论如何都请继续你的探索，这是一个学者对文明的许诺，更是不可推卸的责任。

而后的几十年，周重生从人们眼中消失了。他清醒地意识到，伊姆霍特普的孤证无法说服任何人。当所有人都已沉睡，只有他孤零零地站在甲板上，看着文明的巨轮驶向致命的冰川。他知道，没有人会听见他的呼号，只会嫌弃他的吵闹。他一刻不敢停歇，夜以继日地工作。

所有的一切开始运转。

第十一章　周公循环

狂欢是在木星大红斑消失后骤然停止的，骇人的消息正在四处传播。

一些科学家认为参宿四的质量并不算太大，距离也足够遥远，它喷发的物质经过久远的时空，并不会伤害地球，大红斑的消失另有原因。另一些科学家则认为参宿四的亮度超过了想象，很可能直接指向地球，伽马射线暴随时会摧毁地球的大气层。双方各执己见，争论不休。

幻象一经破灭，恐慌、沮丧、绝望像洪水猛兽，在大地上肆意踩踏。狂欢有多欢愉，恐惧就有多残暴。人们不再工作，大街上满是喝醉了的中年人。没有大人约束的孩子，倒是开开心心玩起了游戏。各种奇奇怪怪的末世预言，成为了人们绝望的生活中唯一的调味料，大型的祈祷活动有时可以聚集上百万人。面对陷入绝望的信众，澳大利亚红衣主教因为宣称弥赛亚即将临世，而受到了教廷的最严厉的批评。在宇宙力量的威慑之下，所有文明规则脆弱得可笑，有的就只是动物情绪的宣泄。

杭州也陷入了混乱，商业街上一片萧条，西湖边挤满了祈祷的人们。从老和山到孤山的路上，我看到一些老人牵着手，在漫无目的地游荡。随处可见的流浪狗，在四处寻找食物。一切都像游戏般虚幻。

陈三石的住所在孤山背面，非常不惹眼的一个小巷里。巨大的树木，把这里隐蔽得很好。当我到的时候，管家老董正在门口迎接。他用一口杭州普通话问道："侬是周先生伐，陈董由劳吴里厢等侬。"在他的引导下，我进入了那个

院子。进门处,是一块横放的长方形黑色石碑,上面镌刻着一句话:

"Never let your sense of morals prevent you from doing what is right."

(永远不要让你的道德感妨碍你做正确的事。)

在院子的正中央,是一座高约5米的黑色金字塔形建筑,后面是一幢爬满了藤蔓的二层小楼。四周的野草中稀稀落落地长着野花,左边废弃的泳池长满了青苔,一片破败和荒芜。

我跟着老董绕到金字塔背面,沿着螺旋的阶梯往下走,感受到一股寒气从深处散发出来,耳边还回响着某种细微的声音。这座金字塔比想象的还要深,我估摸着往下走了有20多米。在台阶的尽头,有一扇半人高的小门。我随着老董弯腰进去,眼前一下子开阔了。金字塔里面可以说是异常空旷,四面的墙壁在顶端汇聚成一个尖顶,墙面上绘制着诡异的符号和图形,像是几百双眼睛在观察我。尖顶下是空无一物的大厅,脚下铺着柔软的地毯。

正在我胡思乱想的时候,光线忽然暗了下来,几乎只能看到自己的身体。从左边的角落传来一阵急促的呼吸声,我下意识地喊了一声"董先生"。转头一看,老董竟然不见了踪影。

暗影中浮现出两个人，一个人满脸病容卧躺在榻上，另一个则跪在地上。榻边有一座巨大的青铜灯塔，灯身是一颗长满枝杈的树，点缀着星星点点的烛火。灯塔像是在呼吸吐纳一般，烛火忽明忽暗。两人着装古怪，好像是某种戏服。奇怪的是，他们似乎并没有意识到我的存在。

我知道自己身处某个虚拟场景之中，只是这种视觉的模拟却比想象中更加精细，更加真实。没有任何不自然的地方，甚至可以感觉周围的温度在下降，似乎还有一阵微微的空气流动。

躺着的那人挣扎着支起脑袋，暗淡的眼光里燃起一丝光亮。他朝着我的方向问道："伯邑考……长兄……你……你是来看我了吗？"停顿了几秒之后，他失望地叹了口气，喃喃自语地说："你不用再来了，我即将随你而去。"

"王兄，你又想长兄了，他离开我们已经23个年头了。"跪着的那人回答道。

"不，不！是他，他惦念我。在噩梦里，每当帝辛用利刃扼住我的咽喉，长兄都会出现。他浑身是火，奋不顾身，冲向帝辛。然后是漫天的大火，伯邑考和帝辛一起消失在灰烬处。没有他，我的天不会亮。"

"王兄，火，是吉兆。神明已经开示，周人的火将驱走所有的暗夜。"

"没有什么会恒久不变。我梦到他 799 次,今天恐怕是最后一次了。旦,你过来。"跪着的人赶忙起身扶他起来。

"长兄死后,我从未从噩梦中醒来。在牧野之战的那一天,我听见内心的兽在咆哮。我的手臂在流血,却感觉不到疼痛。地上血流成河,整个世界都是殷红色。我就是帝辛,帝辛就是我。那一天以后,姬发就已经死了。旦,去建一个新世界,一个属于人的世界。那个世界里没有疯了的天,吃人的天,没有装神弄鬼的祭司。那里的人们懂得克制自己的欲望,唾弃残暴的欢愉。我累了,我不会等到明天的太阳了。"他开始剧烈的咳嗽,每次咳嗽好像都会带走一丝生命的元气,但他的脸上满是微笑。

明知道是陈三石的诡计,我却不禁被眼前的景象吸引住了。

"王兄,你书写的历史才刚开始。"

"你不用再安慰我了,这么多年,你辛苦了。噩梦醒来,只有看到你在,我才不会焦虑不安。灭商前我们占卜,大凶,所有人都害怕极了。你一脚踩碎了龟甲,说死乌龟知道什么吉凶!于是,我们出兵了。伯邑考和你,一个是我的夜,一个是我的昼。我死之后,周人的未来就倚仗于你了。"

"姬诵天下称贤,他将带着您的愿望,去治理这个国家。我会辅佐他,直到他不再需要我。"跪着的人语气中带着坚持。

"他只是个孩子，什么都不懂。你 12 岁的时候，偷偷爬树，还差点摔死。兄终弟及也是常理。"又是一阵剧烈的咳嗽。

"每到冬天，我的腿还疼。"他摸了下腿，似乎想起了什么。然后，他正了正身子，极力克制着情绪，一字字句地说道："王兄，我和您一样痛恨商人，痛恨他们的一切。王兄说的对，人和人之间，要有一种规则。周人要翻开新的一页，建立新的秩序，从我不做帝君开始。"

姬发深情地看着他，一滴泪从他的脸庞划过："旦，答应我最后一件事情。"看到跪着的人忙不迭地磕头，他满意地点点头，说道，"明天，让将士用漫天的大火焚烧朝歌，那是伯邑考的复仇，也是新生的开始。让我带走所有的不安和惊惧，埋葬刻骨的痛苦和仇恨。这是我们必须付出的代价。"

跪着的人沉默良久，最终点了点头。

"你听，外面是战马的嘶叫声，又一场战斗要打响了。旦，去做你想做的事。"说完，他像是耗尽了最后一丝力气，闭上了眼睛。

历史上对于周公的评价很高，称他为元圣。灭商后不久，武王病逝，周公辅佐着幼小的成王，剪除商朝余孽、平息叛乱。最重要的是他提出了"敬德保民"，制礼作乐，让中国思想转为重人事，这才奠定了周朝800年的基业。只是没想到，周公其实想得更远，不禁让人感慨万千。不，等等，我为什么要想这些？我今天是来谈正事的，陈三石却偏偏布了这么个局。这是为了展示大罗天的能力，或者展现他对历史事件和人物的看法？搞不清楚。总之，我得小心对付他。

"周公是个厉害角色，可惜了！"黑乎乎的角落里传来阴阳怪气的声音。

我循着声音望去，一个人从我身后的暗影中快步走来。这人中等身材，穿着一身与身材极不相称的宽大衣服，头戴着一顶玄天冠，身背一柄长剑。这人长相凶恶，神态倨傲，直奔我而来。我紧张地向后撤了一步，暗暗握紧了拳头。哪知道，他一摇三晃地从我身边走过，并没有要伤害我的意思。他的手在空中一挥，周围的烛火亮了起来。我这才发现自己身在一座纯黑的宫殿里，正中央有一把宽大的宝座。宝座正后方，是一条张牙舞爪的盘龙，嘴里衔着一枚晶莹剔透的宝珠。

"哦，可惜什么？说来听听。"我稍微放松了些警惕，等待着他的回答。

那人用锐利的眼光打量着我，然后慢条斯理地回答说："不用害怕，朕不会伤害你。第一个可惜，他最终也没成为帝君。2000年以后，人们记住的似乎只有周公解梦而已。呜呼哀哉，我为周公悲，我为周公呼喊。史家之笔何其吝啬，历史如此之无情。周公，一个伟大的名字，只留下平平的几笔。"

"这不正是周公的伟大之处。牺牲自己的历史地位，成全了一个伟大的文明。别小看解梦，周武王被伯邑考的死吓坏了，心理学上叫恐惧症。是周公的解梦支撑了精神崩溃、寝食难安的武王，没有解梦，历史也许就被改写了。"

黑衣人眼睛一亮，态度缓和了很多："老兄高见！但仅以一个牺牲来评价周公，未免低估了他。武王撒手人寰，丢给周公一个尚在萌芽的国家。但周公绝不是修修补补，甫一出手便是惊天动地的大改造。起初，我认为《周礼》不过是程式，算不得伟大。而殷人不问苍生问鬼神，终其一生，无非是伺候喜怒无常的神明。周礼一成，人间不再是鬼神的假面舞会。人们一旦重新聚焦世间的生活，生命力就迸发出来了。以血缘为基础的周礼，帮助人们建立了一种和未来世代的合作关系，重构了生而为人的意义，文明内部由此充满张力。周公登高一望，目光所及数千年，堪称华夏第一伟业。中华文明生生不息、绵延不绝，这份功劳应该记在他的身上。我今天心潮澎湃，想称此为'周公的跃迁'。不知你可同意？"

我没有作答，简单地点了点头。

"第二个可惜，谁能想到他这么浓眉大眼的人，也成了杀人犯。周人所杀戮殷商贵人遗老，多达十数万。我不过杀了几百个方士妄人，就被骂了几千年。"

我略思索了一下，说道："一个硬币的两面，复仇是对血缘法则最激烈的确认。再说，这也非周公的本意。"

"这一层……倒是没想到。周南，周公的封地。你是周公旦的子孙？"

那人居然知道我名字，看来这个局确实是为我所布。这都什么时候了，陈三石还有心思搞这些名堂。我没好气地回答："你又是谁？你怎么知道我名字？"

"看来你并不知道。周公之勇不亚于我，周公之业也不下于我，作为周公的后人，你应该为此而骄傲。"

"你恐怕认错人了，我可攀不起这门亲戚。"我终于想起他是谁了。既来之则安之，倒不如和这个始皇帝好好聊聊，看看陈三石的葫芦里卖的什么药。我凑近他，把他全身上下仔细端详了一番："你别说，这衣服做得挺精致，像那么回事。以水德居，服黑色，历代帝王敢穿黑龙袍，恐怕只有你了。你是嬴政吧，喜欢修仙的嬴政。"

他忽然放声大笑，顷刻间又收住笑容，盯着我反问道："年轻人，你真的相信有神仙？"

看着嬴政一脸不痛快，倒是挺有意思。于是我继续调侃他："我当然不信，不像你。那个被你派去寻仙的徐福，自己倒当了皇帝。"

"那是个骗子，你以为我会信他？"秦始皇不服气，转而又有些哀伤，"但他是唯一一个告诉我，海洋是可以征服的人。如果你真了解秦人的历史，就不会问出这么无聊的问题。我们秦人是早慧的，根本不相信什么神仙，但早慧的代价是痛苦，所以我们不断求新求变。听说过颛顼吗？"

"颛顼不就是高阳氏、黄帝的曾孙嘛。"

"高阳氏乃秦人的先祖，他做过一桩开天辟地的大功业，周公也不过是步了他的后尘。"

"那都是上古的传说，盘古还开天辟地呢，你还当真了？"

嬴政瞪了我一眼说："无理！真正的大功业往往在无声处，一般人没法理解其中的深意。高阳氏的'绝地天通'乃是了不起的大事，他让天上天下、神与人各司其职，互不干涉，这样老百姓才能安心从事农桑。其实，你应该明白了，高阳氏是不信神的，可要让老百姓明白这些道理，他也不得不建立和上天的紧密关系，借用一点鬼神的神秘感。说起这个，你的先祖周公，也是个中的高手。"

"周公仁厚，所谓占卜，无非安抚人心，总好过商人动不动杀人祭天。而你号称雄才伟略，居然看得上这种伎俩？"

秦始皇十分不悦："麟之角，振振公族，于嗟麟兮！我自知在你心中我和周公是没法比，但周公那一套也不是完美无瑕。周礼虽然把老百姓从喜怒无常的上天手里解救出来，但又用各种礼法把人给束缚住，一个又一个的紧箍咒，教人动弹不得。在血缘法则的禁锢下，无望的人们只好在时间里转圈拉磨，在人际互动中耗散力量，一天比一天虚弱。周公的精神法术一旦被窥破，周朝的气数就尽了。没有新的动力，历史将进入可怕的'周公循环'。"

秦始皇这么一说，显得我的调侃很蠢。他说的也不是完全没有道理，我一时不知如何反驳。我凝神思考了一会说："你的意思我理解了，周公固然解决了文明延续，但无法使得文明拓展。可有秦一代，除了阿房宫、长城和你的陵寝，也没有什么新东西啊。贾谊的《过秦论》骂的也不是没有道理。"

这回秦始皇不爽了，只见他脸涨得通红，腾地站了起来："贾谊就是一个不入流的儒生！看看周公在这些儒生脑袋里放的东西，恢复祖制、施行仁政。仁政，谁不知道仁政？他们何尝懂得什么是仁？统一六国、废除分封、实施郡县，这不是仁？车同轨、书同文、行同伦，这不是仁？建设长城、戍守南越、加强边防，这不是仁？他们口中的仁政，无非是血缘歧视的遮羞布。他们怀念的尧舜禹，更是一个永恒不变的世界。他们排斥任何新的东西，每个人都是远古幽灵的复现。可怕，令人窒息！"

他情绪越来越激动，完全没有停下来的意思："李斯告诉我扶苏同情周制的时候，我生平第一次流了眼泪。秦国地处边缘，国小而民弱，若不是打破血缘法则，打破祖宗成法，何来天下一统？什么周公让贤，什么嫡长子继承？我用一生反抗的，不就是祖宗的成法吗？扶苏没有见过战场上的战士，他没见过修长城的壮丁，他们眼睛里有渴望的光芒，那是生命最伟大的光辉。扶苏，我的儿子，延续了周公思想的千万儒生，他们从四面八方而来，从无限的时空来绞杀我。可想而知，我败了，败给死了一千年的亡灵。"

看到秦始皇一脸悲壮的神情，我也心生同情，语气也柔和起来："哎呀，你别激动。这么说起来，你也值得同情。远古先民面对自然是无能为力的，大量的能量耗散在惊惧和恐慌之中。商人用神明崇拜消除了人们的焦虑，安定的情绪为人们释放算力奠定基础，这让商文明不至于过早夭折。而周公打破了原有的算法，建立了一种血缘信仰。从此，人们更加关注人间秩序。以血缘为纽带的周制，把历史、现实和未来串成一线，生命的视界由此打开，中国人的大历史观由此建立。秦的律法，本质上还是想用可迭代的制度替代僵化沉闷的血缘法则，可说是文明的又一次跃迁。但是……怎么讲，你忽略了人们的算力。你的规则太烦琐，手段太残暴也太苛刻，更迭一种底层算法需要大量算力，被恐惧和焦虑吞噬的六国遗民根本接受不了。你没有输给周公，你输给了时间。如果你更有耐心，如果你像周公一样仁慈，秦不会二世而亡，你在史书上会是另一番局面！"

"承蒙小兄弟夸奖，你是我两千年来第一知音。每个人都降生在一定的时间空间里，属于我的看上去波澜壮阔，气象万千。然而，历史是个吝啬鬼，重塑文明的机会只有区区一次半，周公有一次，我算半次。罢黜百家独尊儒术，好像是汉武帝的功劳，实际上，历史已经进入周公循环，只剩修修补补的空间，汉武帝不过是个橡皮图章罢了。我毕竟是第一个皇帝，就算我纵情声色，也未必担千秋骂名。"

嬴政从背后倏地抽出宝剑，四周微弱的火光映在剑上，散发出一股逼人的寒气。他激动地来回走动，大殿里充斥着他高亢的声音："可我不服！我要把华夏子民从血缘法则的禁锢中解放出来，去探索广袤的草原、辽阔的深海、浩渺的星空，引他们走向那未知的世界。我站在周礼上纵身一跃，是怀着死的信念的，我想起被车裂的商鞅，我想起我的先祖孝公，我甚至想起了周公，他们是勇士，更是死士。在历史建构的惊涛骇浪中，有人丢了性命，有人败了声名，有人孤独至死。就像你知道的那样，我确实修仙了。这是我的反抗，对无情历史的反抗。太史公平平几笔，把周公的伟大归因于德行和能力，太简单也太平淡。而我的努力，我的挣扎，我的野望，也终究湮灭在历史的尘埃里了。我长夜痛哭，为我们的命运鸣不平。"说到激动处，嬴政的眼眶里竟然涌满了泪水。

"这咋还哭上了？在你那个年代，干成这样就不容易了。中国人讲势，所谓的势听上去似乎虚无缥缈、玄之又玄，但我最近意识到，这是可以解释的，那是人们头脑里趋同的算法规则。这股排山倒海、逆转时空的力量,任何帝王将相、英雄豪杰都没有办法与之对抗。在周人八百年的历史上,改变文明的底色,重塑中国人的精神内核,谈何容易?站在后人的角度回看,若不是春秋战国时期社会的大解放、大创造,新思想怎会蓬勃发展,相互碰撞,绽放出璀璨光芒;如果不是秦孝公放胆一试,你也会被周礼束缚;如果不是商鞅誓死推行变法,又有谁会相信改变的力量。在你之前,历史已经悄悄地准备了六百年。它把浩荡之势交到你手里,让你站在风云激荡的中心点,你也恰恰拥有这份才能。秦虽然二世而亡,然而秦的法家精神,却也从此篆刻在中国人的精神世界里。中国历史并没有埋没法家精神,秦以降两千年的中华文明外表上是儒,里子里是法。中国人的身份认同,中国的地理疆界因你而改变。连骂你的儒生也非当年的儒生,科举制打破了血缘的桎梏,儒生一举成为一股左右历史的力量。中国人血液里改变命运的强烈渴望,是秦人的因,不是周人的因。当然,历史确实是无情的,个人的努力往往被吞噬、被曲解、被遗忘,更有些人在史书之外。那些修建长城的壮力,那些闪着光芒的眼睛,他们像草原上的草一样,默默生长,默默凋落,历史吝啬到连名字都不曾留下。和他们相比,和历史的进程相比,一点点委屈又算得了什么?"

嬴政静静地听我说完,肃然向我深鞠一躬,说道:"周兄之言,嬴政谨受教。你年纪轻轻,却有非同凡响的洞察力。我死了几千年，又忽然活了过来，到底有什么使命，还请周兄多指教。嬴政谢过了。"话音刚落，嬴政忽然化为一摊血水。这血水不断分叉、交织、纠缠，像血色的藤蔓一样向空间伸展开来，最后变成漫天的血雾。幻化之中，好像有万千身影，众生低语。不知何时，我的眼睛竟然也模糊了。

正在恍惚间，头顶传来一阵机械的响动声，一道阳光从金字塔顶射了下来。而在秦始皇消失的地方，赫然站着一个高个儿男子。

第十二章 陈三石的诡计

"周南，十几年没见，你长大了。"

他笑起来眼角皱纹很深，脸色苍白而毫无生气，一头灰白的长发，配上那件宽大的黑色衣服，更加显得瘦削。他正是陈三石。

除了我以外，恐怕没人会把眼前的人和一手创建了人类最大的虚拟时空大罗天、打开了新世界大门的人联系起来。更没有人能想到，他居然隐居在孤山的地底下。

一说起新世界给人类文明带来的变化，王胖子就会两眼放光。而陈三石在他眼里更是神一样的存在。这几天，王胖子给我恶补了很多新世界的事，看起来一切并没有想象中那么简单。最早的新世界叫"孪生世界"，顾名思义就是虚拟和现实世界相互投射，人们在两个世界来回穿梭，并不会觉得陌生。就拿大罗天来说吧，完全按照1∶1的比例，把现实世界虚拟化了。表面上，一切没什么不一样，可旧世界的地理风貌在新世界里面的意思却完全不同。山不叫山，叫什么"影障"。可不么，一座不用费劲就能爬的山，唯一的作用就是遮蔽视线。水也不叫水，而是叫"高密度像素池"。前些年，我们还能在杭州街面上看到新世界的人，他们清一色戴着特制的眼镜。那副眼镜里面有大量的提示信息，告诉你现实世界里的一个建筑、一个人在新世界是什么。一般他们是不会和你打招呼的，因为眼镜提示你是街景。偶尔有过来说话的，多半是把你当成NPC（非玩家角色），或者是为了完成某项任务。什么西湖啦、断桥啦，他们丝毫不感兴趣，甚至在新世界变得不值一提。反倒是一些莫名其妙的地方成了热门。宝石山上有一块落星石，号称是大罗天的七大灵石之一。摸一下那块石头，有百万分之一的机会得到能量元石。虽然概率很低，但那元石可是极为稀罕的东西，新世界的人趋之若鹜。你还别说，摸的人多了，那块石头还真变得晶莹剔透，连旧世界的人也觉得稀奇。每年农历的三月初三，更是新世界的大日子。几十万人齐聚乌拉其村，寻找一只独角黑山羊。据说那只羊吃了盐，能带他们找到一眼泉水，而那眼泉水可以打开奖励丰厚的"玉京山"副本。每年这个时候，牧民们只好把羊都藏起来。据说,也有好事的人专门弄断黑羊的一只角,到处兜售。王胖子也去凑过热闹,据他回忆说,那个村子一共三个酒店,当晚全都挤爆了。他住不上酒店,只好花了大价钱住在帐篷里。最难堪的事,当然是找厕所,他不细说我也能想象。旧世界的人老拿这事说笑,而新世界的人则认为他们冥顽不灵。不过,双方各骂各的,互相听不见,倒也相安无事。

度过了最初的几年,孪生世界就没有太多吸引力了。于是,那些人又造出什么神明世界、异星世界、古代世界一大堆稀奇古怪的玩意儿,统统叫作"异在世界"。从异在世界开始,新世界的人们之间也渐行渐远,不再有一个统一的身份认同。在新世界光是语言,至少有19万种。因此,他们在不同的虚拟世界里转换身份变得十分艰难。这种身份的转换,在新世界被称为"转世"。这可是件了不得的大事,由于虚拟世界带给人的沉浸感很强,转得不好容易精神出问题。最近几年,异在世界的热度也开始下降了。人们渐渐发现不管什么世界,都会形成一定的规则,自然就有适应的和不适应的玩家。于是有些人干脆躲进全是NPC的"拟态世界",附身NPC,看着NPC的人生起起落落。一说起他们王胖子就特别瞧不上,说这是一堆NPC哄着一个人玩。

吃饭、睡觉、上厕所,是新世界和旧世界的人们,哦,不,或者说是和五花八门世界的人们少有的联通点。王胖子说，新世界人们痛恨这些共通，把这叫作"原生孽根"。热衷于色香味俱全的大餐，是新世界里共同的大忌，那说明你和现实世界的"孽缘未断"。据说现在已经有一种自动维持系统，可以随时往身体里补充生存所需的营养素，不仅能给人带来饱腹感，甚至还能减少上厕所的次数。至于睡觉嘛，现有技术手段还实现不了。但他们也有办法，管他叫"挂起"，也有叫"离魂"的，总之不能再说睡觉。我觉得迟早有一天，睡觉也会被取消，这一点我毫不怀疑。

说回到陈三石，他是爸爸最得意的学生，但从小到大，我和他见面次数不超过十次。而且每次他来找我爸，我爸就给我点儿零钱让我出去玩。再大一点儿，我就很少见到他了，很多关于他的消息都是在新闻上看到的。所有人都认为他是一个不世出的天才。虽然他在商业上收获了巨大成功，而个人生活却极为不幸。据说他是渔民家庭出身，父亲在一次出海后再没有回来，母亲在他十岁时也因病过世了。陈三石唯一的儿子患有自闭症，他老婆还在纽约时报上公开发表声明，单方面宣布离婚，宣称要嫁给全球最大对冲基金的创始人大卫。遭受了家庭不幸的接连打击后，陈三石彻底从公众视野中消失了。没有人知道他在哪，在做什么，但关于他的传言从来没有停止过，有人说他出家了，有人说他严重抑郁，还有人说他已经死了。而现在，这一切传言都不攻自破了。

"听说，你一直在推进数字遗产计划，感觉怎么样？"陈三石似乎对我了如指掌，一上来就直入正题。

"糊里糊涂，做了5年。"说完，我直视着他。

陈三石显然明白我的意思，没有躲开我的视线，只是微微笑了一下："没错，我正是这个项目最大的资助方。"他忽然反问我，"你觉得数字遗产计划是在做什么？"

关于数字遗产计划，坊间一直盛传几种说法，有人说那是为了让虚拟世界更加逼真；也有人说，是在为星际移民做准备，在其他星球上复刻我们的文明。种种围绕着数字遗产计划产生的猜测，也给这个计划披上了神秘的面纱。面对种种质疑，文明基金会一直保持沉默，从不作任何回应。

我略想了一下，意味深长地说："怎么说，传闻很多……这个计划耗费惊人，但实际上只是在重复甲醇公司已经做过的事情，恐怕……目的并不单纯。"

对我的话外之音，陈三石毫不在意。他果断地回答道："你说的没错，甲醇公司是我们最大的竞争者，他们的数字博物馆做得堪称完美，但我必须再做一次。"

"你不信任他们？"

"不是不信任他们，而是……根本不应该信任任何人。我们的生存越数字化，越有必要为人类保留一个独立的数字副本。历史是人类文明的记忆，关乎我们的过去，也影响着未来。"

"毁掉真的,然后重建假的?"

他笑了起来:"有人想栽赃而已。这反而说明我们做的事情很重要。"

"他们到底是谁?"

"是谁不重要,他们的力量微不足道,改变不了任何事情。"陈三石不想继续这个话题,他说,"说说正事吧。事情你大概知道一些了,驱力衰减是不可逆的,危机正在迫近。"

"说起这个,我有一点儿担心。这会不会……是我们的一个错觉?"

"不,那只是你的错觉。"

"既然我们有大罗天这个强大的武器,从这里入手总还有机会。"我试探着问。

"大罗天确实很强大,也在很长时间里承担了力比多方程的调节任务。但它模糊了虚拟和现实的界限,加剧了人类的观念分歧,终有一天会酿成大祸。"

"既然会酿成大祸,那你为什么还要运营它?"

他粗暴地打断了我:"我高估了你的悟性。周公循环看上去是一种劫,却是那个条件下历史给出的一个解,甚至是唯一的解。大罗天也一样,不过是文明存续的临时解。"

我沉默了一阵,说:"好吧,我承认我悟性很差。那我们接下来该怎么办?"

"力比多方程里写着我们的命运,不是消亡就是暴力。"

"难道真的无解了？"

"当然不是，我有我的方法。"

"那你的方法是什么？"

他忽然笑了起来，说："你有知道的必要吗？"

"这我就不明白了，你怎么能断定你的方法是对的？地球文明是一个孤本，没法试错。难道不该拿出来让其他人来讨论？"

"没必要，讨论毫无意义。"他的嘴唇微微抽动了一下，语气变得激烈起来，"关于文明终极命运的思考，周重生做了70年，老周做了50年，我做了25年。你们思考过吗？我有30亿人的行为数据，有整个地球50%的算力，而且有无数次的文明模拟的结果。你认为，你们的思考有意义吗？"

我一下子噎住了，愣了半天，说道："那模拟的结果是什么？"

"文明溃败的时间，远远早于真实的历史。在23584个文明样本中，只有110个样本能坚持到中世纪。只有1个样本，走到了工业革命。只能说……我们比想象中更幸运。"

"一定是因为有你没考虑到的因素。"我逮住机会进行还击。

"你知道你在说什么吗？"陈三石瞪大了眼睛说，"我当然考虑到了所有的可能，包括遗忘对驱力衰减的抵抗作用。"

"看来爷爷是对的，我们是时候启动文明边缘计划了。"

我正色道。

三石忽然大笑了起来，笑得我心里发毛。转瞬，他收住笑声，问我说："你知道那个所谓的计划什么时候制定的吗？"

"大概六七十年前吧。"

"过时了，太过时了。现在形势的变化以天来计，你不觉得一个几十年前的计划很可笑吗？我有一个新计划。"

我感到一阵眩晕。老周让我来的目的，正是和陈三石商量如何实施文明边缘计划。而陈三石抛出的新计划，显然老周并不知情。可能是因为老周的精神状态，陈三石已经将他视为一个不合格的合作者，他甚至也没有把文明边缘计划当回事儿。我掩饰着自己的慌乱，问道："新的计划？这事……我爸好像没有提到过，他一直在说，你在执行文明边缘计划。你……要不要和他商量一下？"

"老实说，我并不需要你，让你参加进来，只是我对周一刻最后的尊重。今天，我以新一代执行人的身份问你，是否加入新的文明边缘计划？"

陈三石的傲慢，让我心里一阵刺痛。我强忍住内心的怒火，说道："当然，这就是我今天来的原因。"

"哈哈哈，当然？这声当然说得也太轻松了。"他双眼注视着我，眼神里充满了不屑，"你想得太简单了，已经有人为此付出了生命。你真的确定？"

"我想……是这样的。"

"大声点！"

"是的，我加入！"我用尽全身的力气高喊道，金字塔里回荡着我的回答。不知道是因为愤怒还是什么原因，让我的声音无比的坚定。我知道这个回答意味着什么，那意味着随时可能丢掉性命。可为了弄清真相、挽救文明，这是我唯一的选择。

"还有一个前提。"

"什么前提？"

"你必须明白'文明边缘计划'早就不是周重生和周一刻个人的计划了。加入计划的每个人必须注射一颗芯片，保证所有人可以保守秘密。如果有谁背叛了大家，那么……"

"你说吧。"

"他将被永久麻醉，你父亲也阻止不了，你明白吗？现在，你还有机会退出。"三石的眼神里再次浮现出轻蔑的神情。

"不，我加入。"

"来吧，老董。"

老董从阴影里闪身出来，手上多了一个不锈钢注射器。他一下子撸起我的袖子，在右臂上狠狠地扎了下去。看到我注射了芯片，陈三石满意地点点头。

"你的第一个任务……"他斜眼看了一下我。我心里一阵发毛,等着他发话。

"告诉那个警察,我这里一切正常。"

"这是要让我撒谎?"

"也是和你的过去决裂。"陈三石冷冷地说。

"你……"

我恍恍惚惚地从陈三石家里出来,向着断桥方向走去。一千年来,杭州总是那样繁华。而今,西湖边一片暗沉沉的。只有三三两两的人们,望着那颗决定人类命运的死星。我站在断桥上茫然看着远方,忽然很想喝一杯酒,或是大哭一场。

"爸爸,超人为什么还没来?"一个稚嫩的声音从身边传来,是一个五六岁的小女孩。

中年男人紧紧地抱着她,克制住嘴唇的抖动,低声说道:"超人叔叔……也许在赶来的路上。"

"那颗星星会掉下来吗,爸爸?"小女孩抬起头,眼睛里闪烁着期盼的光。中年男人犹豫了好久,把她抱得更紧了。

我艰难地转过头去。她不知道,真正的超人不在天空上飞,而是在黑暗中艰难地爬行。

第十三章 化身为人

刚回到家,我的电话响了。好巧不巧,正是老陆。

我拿着电话,就像握着一块烫手的山芋,内心一片慌乱。我到底该怎么跟他说?说实话,陈三石的话言犹在耳。说假话,我实在说不出口。在我接通电话的那一刻,想死的心都有了。

电话那头的老陆和平时不太一样:"周南,有个事……跟你说一下。"

"老陆,你怎么了?说话吞吞吐吐的。"

"咳咳,案子暂时不查了。"

"你说什么?不查了?"我刚想继续追问,信号就断了。老陆没有再打过来,我也没有打回去。毕竟案子再大,也没有文明危机大,而且老陆手头肯定有无数的事要处理。这着实让我松了口气,但很快我又焦虑了起来。现在外面一团乱麻,谁也不知道下一步该怎么办。王胖子这两天也不知道跑哪里去了,不知道张大姐她们现在好不好,也不知道张琳琳在做些什么。我忽然有点难受,看来回北京更是遥遥无期了。为今之计,只有过一天算一天了。

老周在听完我和陈三石见面的情况后,反倒很平静。他说他心里有数,这两天去找陈三石谈一下。言语之间,似乎另有隐情。我暗自苦笑,连文明都要荡然无存了,文明边缘计划还有什么意义,去找陈三石更是徒劳。我没有说破这一点的原因,是不想让老周有任何不高兴的地方。老周指了指桌子上放着的咸菜肉丝面,嘱咐我赶紧吃,吃完去找刘师姐一趟。

我扒了几口面，就匆匆往学校走。一进校门，发现情况比想象中还要糟糕。学生们全都放假了，校园像是一个灾难现场，大量的书本被随便丢在地上，一些行李箱被匆匆扔下，地上到处是破裂的饭盒，好像他们再也不会回来了。只有两个机器人在坚守岗位，清理着满地的垃圾。整个第三教学楼空空荡荡，教室都黑着灯，只有门厅还亮着。当我看见师姐的时候，她情绪看起来相当低落。

师姐默默地领着我穿过一条又黑又长的走廊，在尽头的地方推开一扇旋转门。通向实验楼的电梯已经不能用了，我们只好从楼梯往上走。在三楼半的地方，多出来一个小门，门口的标牌上写着"虚拟世界实验室"。

这个所谓的实验室里连一个仪器都没有，四周是裸露的灰色墙面，看上去比一般房间更高。房顶的四缘密密麻麻布满电子设备，脚下的地板很特殊，细看是一些极其细微的黑色细珠，搞不清楚干什么用的。师姐认真地说："这是我们设计的虚拟世界实验室，时间紧迫，这是你了解全部真相最快的方法，你需要全神贯注。如果需要叫停，你喊我一声就行。"说完，关上门出去了。一阵轻微的机械响动后，房间彻底暗了下来。

"警告，警告！您已进入大罗天禁区。"一排红色的字悬浮在黑暗里，让人不由自主地紧张起来。

在不远处,火星一样的光点在黑暗中闪动起来。随着光点越来越大,周围渐渐清晰起来。这似乎是一个洞穴,大约有两米多高,穴壁上点着火把。摇曳的火光一直通向黑暗的深处。在火光的映照下,可以看到不太规整的穴壁上画着些奇怪的画,所使用的颜色看起来十分原始。起初,图案很简单,看起来像是某种原始的细胞,勾勒得比较粗糙。往前走,出现的是藻类植物、腔肠动物和无脊椎动物。这其中,我认出了三叶虫。再走一阵,一只奇形怪状的虾引起了我的注意,这个东西体长有 1 米多,体前两侧长着巨型前肢,尾部有一条长长的大尾扇,嘴巴里长着像齿轮一样的锋利牙齿,透着一股阴森的气氛。听王胖子讲过,虚拟世界里处处有机关,可这里什么都没有。开始我还这里碰碰,那里摸摸,没碰出什么来,便只顾往前走。大约 5 分钟后,两边的壁画终于到头了,最后一幅壁画上,竟是一只巨猿。

然后,除了我脚步的回响和尽头的一丝光亮,就什么也没有了。在转过一个大弯后,一幅奇异的景象迷住了我的眼睛,眼前突然出现了一个奇异的岩洞,约有 50 米高,洞顶倒挂着奇形怪状的钟乳石。而脚下却呈现出另一番景象,草木繁茂,藤蔓缠绕,繁花似锦。洞穴的正中,一汪碧蓝碧蓝的水清冽可鉴,中间飘着一艘木船。远远看去,依稀能看到船头站着个人,船上似乎还放了什么东西,有一个巨大的轮廓。

我的到来惊动了那个人,他朝我挥了挥手。我小心翼翼地往水里走,生怕触动了什么机关。走近了才发现,那人看起来60岁开外,满头白发,胡须也是白的,他身穿一件老旧的毛呢西服,嘴上叼着一根雪茄。而那个巨大的轮廓,竟然是只古猿,和穴壁上的那只一模一样。它体形硕大,足足有3米长,身上披着厚重的毛发。

"这是什么?"我问。

"一具躯壳。"他没有看我,朝空中吐了个烟圈。我走上前去,低头查看那头古猿。那只古猿还有呼吸,只是一动不动,像是睡着了一般。

"他明明是活的啊。"我惊诧地问。

"马上就要死了。"他淡淡地说。

"为什么?"

"我说了,这是一具躯壳,没有灵魂的躯壳。"

"它只是在睡觉而已。"

"还要我再说几遍?它的大脑缺失了一些关键算法,活不了几分钟。"他有点不耐烦地说。

"死了会怎么样?"

"难道你不知道?"他惊讶地看着我,抬手指了指头顶的钟乳石:"这块钟乳石将刺穿它的胸膛,一切将消失在血雾之中。"他又补充了一句,"然后游戏就结束了。"

"怎么才能让它不死?"

"问你啊！"老人有点不高兴。

看来这个NPC不仅不是来帮忙的，还给我出了个难题。我仔细端详这头古猿，不看不要紧，我还真看出些名堂。他虽然神态很安详，但呼吸却非常急促，胸口剧烈起伏。我用手指头戳了戳他，没有任何反应。我推了一下，他还是纹丝不动。

"弄明白了。他就是没有感觉。"我很笃定地说。

这回他忽然笑了起来："怎么变聪明了？"

话音刚落，古猿长出了一口气，睁开了眼睛。只是，他气息十分虚弱，痛苦地呻吟着。整个洞穴随着古猿的呻吟轻微晃动，一块小石子掉在古猿头上，他晃了晃脑袋。

"喏，给你。"他递过来一个半米高的瓶子，里面装着诡异的紫色液体。我把他塞到古猿嘴里，他立刻贪婪地吸吮起来。

头顶又晃了一下，两下，三下，比之前还要剧烈。我看了一眼老人，他却像个没事人一样，一言不发。古猿眯起双眼，侧卧着不停地吸吮。这么一会工夫，紫色液体竟然被喝了下大半，小腹明显隆起来了。我一下子明白了，它会被撑死。我试图从古猿手里夺走能量瓶，但他死死抱着不肯放，怎么拽也没用。

"它的算法又出问题了。"

"什么问题？怎么解决？"

整个洞穴开始剧烈的颤动。情急之中，我忽然想起爷爷日记里记载过赫尔的理论，赶紧说道："会不会是驱力递减？"

古猿立刻扔掉了手中的诡异饮料，又重新躺下酣睡起来。一阵风吹来，小船开始摇晃起来。

"你这些小伎俩，解决不了真正的问题。"说完，他用夹着雪茄的手，往我脚下一指，一道光从水底直射而出。一阵震动过后，一棵枝繁叶茂的大树从地下长了出来。又高又大的树上结了鲜红的苹果、粉白的蜜桃、紫色的葡萄、剔透的樱桃，还有一些我没见过的果子。还没来得及仔细观察这棵树，只听古猿一声低嚎，庞大的身躯腾空而起，身姿变得无比灵巧，噌噌两下登上了这棵树。接着，又听得猿啼，树上竟然多出一只古猿，它们在大树上荡来荡去，发出阵阵长啸。不一会儿，这颗树上又多出几只小猿，而那棵树愈发枝繁叶茂。洞穴的高处，忽然流下一道甘洌清澈的泉水。在泉水流过的地方，开满了鲜花。

趁着这会工夫，我问那位老者："你是谁？"

他脸上浮现出轻蔑的神情，冷冷地说："愚蠢的人何必知道我名字。"

"愚蠢？你凭什么说我愚蠢。"

"人类都一样愚蠢。我说过性是一切驱力的源头，到现在也没人理解。难道这还不算愚蠢？"

"你是……弗洛伊德？"我恍然大悟，这才是我今天到这里的原因。

"你们人类不仅无知而且傲慢，连性是什么都不知道就开始反对。愚蠢至极！"

"难道你不是人类？哦……你还真不是。"

"人的能量是有限的无限的？"他突然看着我。

"当然是有限的。"

"那么你承不承认，你的身体的某一个部位需要的能量多了，其他地方能获取的能量就会减少？如果你特别热衷于一件事情，那么你在其他事情上花的精力就会减少？"

"这我不反对。"

"在这个完美世界里，那只古猿转化能量的方法来来回回就那么几种。不是去找吃的、喝的，就是繁衍下一代。如果它获得食物和水越来越容易，付出的能量越来越少，多出来的能量去哪儿了？"

"我明白你的意思了。那它们会追逐性，抚育更多的后代吧？"

"这是古猿最大规模的能量支出，你说性重不重要？"

"你没明白我意思，我不是不承认性的重要。我反对的是一切驱力和性有关。"

"盲目地反对，就是无效的反对。你好好听着，力比多方程由驱力带来的化学回报填充。驱力归结起来有三类：食欲，性欲和其他驱力。食欲维系着生命，最为特殊，它带来先天赋值的化学回报。但它的问题是，吃饱了就不提供驱力了，甚至带来支出压力。性欲负责传递算法，带有一部分先天赋值，但压制性欲并不会导致生命的终结，因此它和其他驱力之间存在此消彼长的关系。其它一旦到达了化学回报表达的上限，将触发退行机制，也就是驱力衰减。这种退行机制释放了锁定的能量，让人们去关注新的事物。但，这也导致了人类的欲望永远不可能得到满足，我们永远不会停步。"说完，他出神地看着古猿，流露出一种悲悯的神情。

"我懂你的意思了。食欲一旦满足，能量就转到别的地方去了。其他驱力因为衰减，总是可以释放出能量。性带有先天赋值，是所有驱力永远的竞争者，所以人类总是需要和性欲进行对抗。这么说来，驱力从性的移置中产生，倒也是说得通的。"

"你和他们不一样了。"老人赞许地点点头，目光却依然停留在古猿上，接着说道，"性是人类永恒的主题，他蕴藏了人类投向远方的所有能量。"

"我们确实误解了你，有点儿对不住了。"我脸上一红，心里百感丛生。这老头虽然不是弗洛伊德本人，倒也是一个可敬的长者。

"误解没什么，我都习惯了。在我那个年代，所有人都被囚禁在偏见之中，不敢向深处探究。如果一个想法从一开始不够荒谬，那它就是没有希望的；如果一个理论被误解，至少证明它是全新的探索。我们需要一点时间去等待，不过现在我们并没有时间了……"他长叹了一声，又说，"驱力不断衰减，生命终将陷入困境……"

忽然，一道黑影从树上飞跃而下。我再一看，那只古猿竟然乖巧地蹲在了老人身边。老人抬手摸了摸他的头顶，慈祥地看着他。古猿指了指树上最鲜艳的那颗果实，眼神因为期待而闪闪发亮。

"你知道获得智慧的代价吗？"

古猿竟然像通了人性一样，茫然地摇了摇头，只是低吼着。

"你将知道繁花终会落尽，那些坚不可摧的爱情，那些无尽的欢愉、繁华、荣耀、权力，所有美好的事物也都将逝去。你愿意吗？"

它没有一丝犹豫，重重点了点头。

"你将体会富有和贫穷、伟大和渺小、善良和邪恶，你将亲身经历痛苦的战争、无情的杀戮和残酷的背叛。你愿意吗？"

它的嘴微微张着，似乎要说些什么，喉头只是咕哝了一下，最终什么声音也没发出来。

"在这里你们是不知生死的。你将看着它……"老人指着树上的古猿们说，"看着它们经历生、老、病、死，终生被痛苦、焦虑、烦躁、恐惧和绝望的火焰所炙烤。你愿意吗？"

它的眼神完全变了，把头埋在自己的胸前。过了好久，它再次抬起头来，郑重地点了点头，模糊的眼睛里淌出了一滴眼泪。

整个洞穴开始剧烈地晃动，一颗巨大的钟乳石掉了下来，直接插进了古猿的心脏，它痛苦得倒在地上。我不由得惊呼了一声，本能地向后退了两步。

忽然间，一道金光闪过，钟乳石不见了，那只古猿毫发无损地站了起来，全身的毛发突然不见了。那厚重的毛发之下，竟然是一个人。他全身赤裸，皮肤散发着大理石般的光泽，眼神里充满了复杂的情绪。巨人开口问道："智者，请告诉我，我是谁？"

"你是西西弗斯。孩子，你该离开这里了，去一个新的世界。"老人回答道。

"智者，我们可以留在这个地方吗？"巨人又问。

"当你什么都不知道的时候，它存在；当你明白一切的时候，它就消失了。去吧！"

他又转过来对我说："你也走吧，这里要毁灭了，驱力不只是在衰减。"

"什么？"

"驱力在衰退。"他最后说。

水！漫天的水从四面八方涌来。顷刻间，整个空间成了水底世界，那些古猿不见了踪影。一秒钟以后，一切都消失了，只有我一个人站在伸手不见五指的屋子里。

"咔嗒"一声响，外面闪进一道光。师姐满脸愁容地进来了。

"怎么了？"

"又停电了。"她灰心丧气地说。

第十四章　灵隐禅机

没想到再次和山田佳子见面，是在凌晨两点的灵隐寺。

老周从陈三石那里回来后，告诉我山田家族将要来访的消息。对此，我并不意外。爷爷日记里提到过他们家族的事，这个家族与文明边缘计划有着扯不清的关系。在这样混乱的局面下到访，一定有了不得的大事。

禅房的油灯有些昏暗，隐约见得佳子穿着素色的和服，盘起了长发，显得成熟了许多。只是她孩子般的眼眸仍然在幽暗里流动，时不时驻留在我的身上。她纤细的双手扶着轮椅，轮椅上端坐着一位满头白发的老人。只见老人一身玄色和服，神情严肃得像一尊古佛。一见我们，半曲着身体想起身相迎。

爸爸快步上前，躬身握住老人的双手，又扶他坐好。两个人四目相视，默默无语。老人哽咽着说道："一刻君，上次见面已经是20年前了吧，彼时重生老先生尚在世。"

爸爸的声音也有些发紧："老先生，父亲走之前一直惦念您。您身体可好？"

"勉强度日。去年摔了一跤，离不开轮椅了。眼睛也不大好，看一刻君模模糊糊的。"他转头望向陈三石，"三石君，好久没有您的消息了，甚是挂念。"陈三石点了点头，一语不发。

老人又把目光转向我："佳子，这位年轻人就是你说的周南吧。周南，请离我近一些。"我俯身半蹲下来，老人伸出纸草一样干枯的手，颤颤巍巍地握住我的手，仔细地端详着我。佳子在身后似笑非笑，看得我的脸一阵发烫。

各自落座后，小沙弥端上了新茶和几样点心。窗外，参宿四已经升到中天，清冷的星光照在古寺的琉璃瓦上，洒下一片银白。此刻的禅房里，格外沉寂。

"深夜打扰，诸君见谅。我时日不多了，趁着脑子还清醒，最后做一点事情。"只说了这几句，老人的气息越来越重。

"佛教传入中国有2000年了，灵隐寺也建了快1700年。这么许多年头里，中国有的皇帝不喜欢佛教，大规模地毁佛拆寺就有四次。但无论经过多少法难，灵隐寺都走过来了。东坡居士一生历经坎坷，颠沛流离，最终开悟道：休言万事转头空，未转头时皆梦。如此，他便在入世和出世间找了一个精神所在，和现实世界和解了，和自己和解了。灵隐寺也是极为宽厚的，济颠和尚正是在此处修行。在参宿四的照射之下，人们终于看清了世间的真相，那便是无常。在文明的尽头，只有佛法这一盏孤灯。"

爸爸点点头，说道："老先生所言极是，佛学是先贤的智慧。我虽然不是佛门人士，但粗略通晓佛学对中华文明做出的贡献。在相当长的历史里，佛学是中华文明绵延不绝的一种精神力量。"

"80多年前，汤教授和重生君发现了先知伊姆霍特普的秘密，两位大师几乎同时认识到驱力的构建和衰减在文明演化中的重要作用。这一见解照亮了彼时我晦暗的人生，从那一刻开始，我终生都在实践这个理论。历经数十年的研究，我认为我找到了答案。阻止驱力衰减的根本在克制人的欲望。如果以佛法为内核，以东方内敛精神为根基，或许可以建立一个可持续的文明，那就是永在文明。至此，我终于可以告慰两位仙去的长者。一刻君、三石君，这是我以毕生的心血写就的《论永在文明》，请二位赐教！"老人从佳子手里接过两本厚厚的书，郑重地用双手捧给爸爸和陈三石。

爸爸动情地抚摸着这本书，感叹道："老先生，您的精神让人钦佩，令人感动。为人类文明求解，也是父亲毕生的事业。我会认真拜读。"陈三石接过书，不声不响，在一边翻看着。

"一刻君、三石君，我有一个不情之请。"老人正了正身子，神情愈发严肃。

爸爸说："老先生请讲，晚辈必竭力以赴。"

"二位，人们只看到眼前的参宿四危机，殊不知渡了此劫，人类命运也未必是一片坦途。如果还有明天，请两位给佛法一个机会，给永在文明一个机会。我希望在大罗天里模拟永在文明的模型。若可行，我希望由两位来领导永在文明计划，山田家族将为此赴汤蹈火。恳请两位应允！"老先生把整个头都低了下来，态度之诚恳，让在场的人为之动容。

"老先生使不得，您的计划必然经过了深思熟虑，我们一定支持。不过事关人类前途命运，在彻底研究之前，我不敢贸然应允。但起码我们可以先在大罗天里验证一下，三石，你的意见如何？"

陈三石的脸上没有一丝表情，冷冷地说道："老先生，我的想法不太一样。驱力衰减看似文明危机之源，反过来也可以成为人类发展的动力。从这个意义上讲，永在文明所回避的，恰恰是问题的症结所在。"

"三石君可能有所误解，永在文明并不是一个静止的文明，也不是一个回避问题的文明。我们都清楚新驱力的构建是偶然的、不受控的。若不是新世界的发现，西方文明已在中世纪的黑暗中逐渐走向衰亡；若没有图灵和香农开创的计算机科学，一扫两次世界大战的阴霾，不会有过去百余年的繁荣。而如今，所有创意都被想出来了，所有奇迹都被实现了，激起人类好奇心困难至极。艺术之死已经是不争的事实。诗歌死于公元 770 年，李杜文章被高悬在那个山峰，绘画死了 400 年，莫奈和毕加索之后再无改变绘画本质的创新。古典音乐死了 200 年，流行音乐死了 50 年。时尚虽死而不僵，也不过是时不时炒炒冷饭。人类具有强大的概括能力，无论是灵光乍现还是精妙设计，都会被冷酷无情地识别归类。黑格尔在 200 年前哀号艺术已死时，尚有人为此恸哭；而杜尚向艺术开枪时，已经没有人为此悲伤了。世界虽然一派祥和，但危机的征兆已现。近 20 年，我们看到的只是旧驱力的排列组合，历史积累消耗殆尽。寂寞、挫败、愤怒、忧郁、不安、失望——人类的精神已经窒息。在残酷的现实面前，我们必须降低驱力衰减的速度，等待缪斯女神的再度降临。诸位请看看窗外！"

此时，天光已然微亮。众人向窗外看去，远处盘山道上满是行走的人，不知计数。让人惊诧的是，成千上万的人手持香火，秩序井然，没有发出一点声音。

"转山！"我不禁叫出声来。对这种新近流行起来的仪式，我早有耳闻，如今亲眼见到，还是极为震撼。

老人低垂双目，双手合十，缓缓说道："谁在拯救他们？谁能拯救他们？唯有佛法。"

所有人都为眼前的景象惊诧不已，陈三石的脸色却愈发阴郁，他突然把手里的茶杯往桌上用力地一顿，茶水洒了一大片。"方向错了，完全错了！我以为，这次危机恰恰提醒人们，我们不是太快了，而是太慢了。转山不能解决任何问题，我们必须收起毫无意义的悲悯！这不是在拯救人类，而是一种慢性消亡。"

老人长叹一声："三石君，你不懂我，正如我不懂你。多少人在大罗天里中迷失了自己？父母和孩子、丈夫和妻子、朋友和朋友。看到人们逃避真实的世界，沉迷于虚幻的欢愉，我的心在滴血。几亿年来的进化，物种间才产生了生殖隔离，而仅仅几十年的虚拟世界，却已经形成精神隔离。平行时空中容不下共识，人类将四散而去。这难道是您说的方向？"

"老先生，恐怕没有多少人真正读懂佛陀，您也未必。乔达摩的佛学是被后世折衷的，看上去是无害的，与人类文明是相容的。然而佛学对人类底层系统会造成毁灭性打击。先是'无相'，根本上否定了自我意识。然后'性空'，摧毁所有文明价值谱系。佛说一切皆空，化一切有意义为无意义，将人类几千年建构的努力化为泡影。佛学的世界里，不只是人类，甚至连生命都是多余的。这是一种彻底的虚无，虚无到容不下虚无的概念。这难道是您说的方向？"

老人长叹一声，他和佳子的眼眶里涌起了泪水，看得我十分心疼。陈三石总是把人逼到绝处，从来不留一点儿余地。他没有情感，像一个科学机器。我很难想象，爸爸这样善良的人，会选择这样的合作伙伴。

"三石君，那您的求解之道呢，请为我指一条明路。"老人颤抖的声音里充满了悲凉。

陈三石哼了一声："没有明路，只有一条险路。如果文明想要继续存续下去，我们必须建立超适应性储备。如果人类沉迷现状、停止前进，那么必须有其他生命代替我们前进。"

"愿闻其详。"

"钱塘江中心的熔炉里，一些被精心挑选出的灵长类动物装上了人工发声器，它们在代替人类接受各种极端的考验。实验将以百倍于自然选择的速度加速生命进化，尝试探索别的可能性。大罗天里，一颗名为'泰坦'的小行星，正在以每10万年一次的频率撞击地球，那些模拟的文明必须竭尽全力，保持生存。老先生，宇宙里没有大慈大悲的菩萨，没有人会偏袒人类，我们不过是概率的漏网之鱼。想要在无情的自然法则中生存，就必须激发人类更大驱力。"

一语既出，整个禅房死一般的寂静。这番话像一根针，扎进了每一个人的心里。爸爸显然也被震惊了，用一种极为复杂的眼神看着陈三石。山田老人一声哀叹，从声音可以感受到他内心的颤抖，他连声说道："无法想象，无法想象。"

屈辱和愤怒刹那间涌上我的心头，仿佛陈三石嘲弄的不是山田老人，而是爷爷和爸爸，抑或是整个人类。他已经越界了，他背叛了人类文明。

禅房里空气变得稀薄，让人喘不过气，我悄悄从禅房退出来，漫无目的地在院落中走着。

忽然，身边传来一股幽香。我一扭头，佳子正站在不远处默默地看着我。她散开头发走了过来，在我身边坐下。我们就这么坐了好久。

"周南君，你相信命运吗？"山田佳子的眼眸在黑暗中闪动。

上一次见面的时候，我并不相信命运，现在我却不知道怎么回答。每天摆弄那些文物，把他们记录下来，时不时用仪器校准，和远方的同事沟通，还有馆长的催命电话。办公室里的插科打诨，东单足球场里的挥汗如雨，不可捉摸的张琳琳，让人无法自拔的火锅，足以填满我的生活。时间过得很快，又好似很慢。5年前，最爱我的妈妈变成了一张黑白相片，我成了被遗弃的孤儿，是北京治愈了我，然而此刻我又到原点。这一切，难道就是宿命吗？

"你知道吗，从我出生那一刻起，我的命运就被决定了。我以为那是不幸，现在觉得那是最大的幸运。原来，世界上还有和我同样命运的人。"她低下了头，揉搓着自己的头发。星光照在她白皙的手上，风儿在树林间穿梭起舞，那些庄严的菩萨好像也活跃了起来。眼前的一座香炉，正发出淡淡的轻烟。多少红尘往事，多少欲念纠缠，都化作这一团团的烟气，消散在无尽的时空之中。

忽然间，她抬起头来，眼光一闪："周南君，请跟我来。"

佳子拉起我的手，一路疾行。我们穿过一间间庙宇，路过潺潺流动的溪水，直到跑得上气不接下气。在一块石头面前，她停了下来。她屈身跪了下来，虔诚地拜了三拜。

"今生……来世，我愿与周南君……做……好朋友。"说罢，她看了我一眼，我的脸更红了。不知道为什么，我忽然想起了妈妈，在她走前的那一天，汤是滚热的，番茄炒蛋香极了。我知道，过去的生活永远不会回来了，新的生活正在向我招手。

我不敢看她的目光，也许再过几秒钟，我就会忍不住握住她的手。我故作轻松地说："佳子，我们不一样。我的童年十分普通，爸爸妈妈经常带着我去吃片儿川、喝龙井茶。我很自由，也很幸福。我妈妈说，没有什么命运，只有我们自己的选择。"

我看到她眼睛里的火光在一点点熄灭。

天色渐明，如梦如幻的参宿四黯淡下来。在一抹朝霞的映衬下，灵隐寺显得愈发苍茫而深远。待我和佳子回到禅房，陈三石早已离开。我们互相道别，我和爸爸骑车回家，山田一家则留在灵隐寺。临走前佳子的眼神让我始终无法展怀，原谅笨拙的我无法尽述。那是被命运裹挟着的26岁女孩向一个29岁男人发出的一段讯息。我选择不解读，任由时间决定它的去留。

第十五章　曼哈顿惊魂

在我的再三劝说下，老周终于同意去莫干山疗养院待一段时间。长年酗酒，他的身体已经不堪重负，心脏、肝脏问题都不小。这老头儿现在完全像个小孩，一刻也离不开我，分别的时候竟然掉了眼泪。一想起来这些年来他受的精神折磨，我无比愧疚。这回得亏有王胖子帮忙，现在还开着的疗养院也只剩电力公会这一家了。把老周安顿下来，接来下要打硬仗了。

我们从莫干山回来第二天，陈三石约了我和师姐晚上去他家碰面。我十分不情愿，但师姐坚持让我去。第六感告诉我，陈三石一定在憋大招，至于是什么不好说。万一要是犯法的事，也不知道该不该告诉老陆？

我抬手看了下表，离约定的时间还有两个小时。忽然想起来，前面不远的小巷子有家张记面馆还顽固地开着门。王胖子一听要去吃面，一脸不高兴，非要去冯叔叔家吃饭。

一出门我才发现外面凄风冷雨，只好把外套领子竖起来，手缩进外衣口袋，整个人蜷着往前走。傍晚时分，路上冷冷清清，行人稀少。走到巷子深处，一个狭长的影子笼罩住了我。自从认识了老陆，我对周遭变得异常敏感，不禁加快了脚步。但这个影子不紧不慢，始终跟在身后。我俯下身子假装系鞋带，一边用余光向后观察，一边按住了裤兜里的钥匙。没想到影子不见了，一个中年人从我身边快步走过，很快消失在烟雨之中。我不由得松了口气，看来虚惊一场，这只是个路人。我一起身，就发现有人用东西抵住我后背，刚想转身，却被什么东西扎了一下，顿时天旋地转，一头栽了下去。

　　当我从昏睡中醒来的时候，就像是从海底浮上了海面。想把腿屈起来，却完全使不上劲，似乎是麻药劲还没过。环顾四周，房间没有窗户，除了一张床什么都没有，显得异常空旷。我缓了好一会儿，总算把身体侧过来，挣扎着从床上坐起来。这时候，房门"吱嘎"一声被推开，一个印巴模样的年轻人端着托盘走了进来。托盘上有一杯奶、几片面包、几样果干和一种从未见过的甜食，最让人惊讶的是竟然有一碗小米粥。我连声问他："我在哪，你们是谁？"他摇摇头，只向我做了个吃饭的动作，就转身退了出去。闻到小米粥的味道，我才意识到自己快饿晕了，风卷残云般把所有食物都打扫了。

　　饭后，年轻人进来收拾了一番，并示意我可以休息了。我极力保持清醒，琢磨着对策，但身体很不争气，很快又昏睡过去。

　　再次醒来，我已经活动自如了。除了那个年轻的侍者，再也没有人进来，我几次试探着打开门，想看个究竟。但很明显，主人没有让我出去的想法。门口的守卫身高接近两米，手腕有我胳膊粗。虽然他一言不发，但凶狠的眼神，还是让我彻底放弃了逃跑的想法。经历过这么多，我觉得死并不是一件可怕的事。但想到老周将会经历何等的痛苦，心里还是一阵阵难过。

就这么过了两顿饭，门又一次被推开了，这次进来的是一位老者，那个年轻侍者和保镖在身后小心伺候着。老者是个外国人，60岁上下，两道浓密的眉毛下面藏着的一双灰蓝眼睛，似乎有看穿任何心思的能力。我不敢马虎，打起十二万分精神，准备与他殊死较量。

老者狡黠地笑了笑，用口音浓重的英语说道："周先生，欢迎您来到这里。请您原谅我们邀请的方式，由于形势急迫，我们不得不采取非常的手段。"

我冷冷地说："您的方式太令人惊讶了！这是哪里？您把我拘到这里来，究竟想干什么？端方古卷是不是你们偷的？"

面对我连珠炮似的提问，他微微一笑，把话题转开："周先生，不必着急。这些问题，我会逐一回答。您难道不想知道我是谁吗？"

我哼了一声，不置可否。

"您可以叫我古斯塔夫。"

"一个名字能说明什么问题，是不是真的都很难说。"

"周先生，我对您毫无保留。我不仅愿意告诉您我的名字，也愿意跟您分享我家族的故事。"

"难道我现在还能选择不听?"

"哈哈哈,您一定会对我的故事感兴趣的。我来自一个亚美尼亚的古老家族。我的先祖叫小贝亚,当他在'圣玛利亚'号上工作的时候,还不到17岁。"

"是哥伦布的'圣玛利亚'号?"我暗自吃了一惊,这个家族果然不同凡响。

"您见识广博,正是如此。当时的'圣玛利亚'号上,全是能喝一品托葡萄酒的酒鬼,而他是唯一不贪杯的人。因此,哥伦布先生让他管理酒库。"

"在大海上漂着,干着有今天没明天的事,还能不喝酒,确实不是一般人。"

"就像您说的,在通向新世界的漫长旅程中,并不总是很美好。水手们每天在希望和失望之间摇摆,在去往新世界还是返回家乡之间纠结。面对无边无际的海洋、无处不在的暴风和暗礁,很多人的精神渐渐出现异常,常常失声痛哭。有好几次,探险差点因为恐慌和叛乱而终结。您知道是什么引领他们走向最终的目的地的吗?"

"说来听听。"

"全能的上帝,极具威望和魅力的船长,对财富和荣耀的渴望,还有……"

"信念?"

"不,是欺骗。哥伦布船长几乎每天都在宣布即将找到陆地的迹象，好像他们的半只脚已经踏上了新大陆，那些即将成功的幻象迷惑了他们的心智。然后就是酒，很多很多的酒，酒精欺骗了他们的身体。"

"这倒是闻所未闻。那您的先祖呢，他是怎么熬过来的？"

"他对寻找新世界有着异乎寻常的热情，这是他改变穷苦命运的唯一机会。后来，他的确做到了。"

"哦，那他是怎么做到的？"

"他在无意中发现，土著人对他手里不值分文的铜铃非常感兴趣，甚至愿意用黄金来换。他靠这个生意挣了一笔钱。后来，他从欧洲贩卖烈酒到非洲，换取奴隶和宝石，很快建立了一支自己的船队。在那个时代，烈酒贸易简直是一只会生金蛋的鸡。不幸的是，他本人在一次海难中丧命，他的几个儿子继承了这份事业。再后来，家族的族长安格尔在加勒比海地区建立了规模巨大的甘蔗种植园，榨取蔗糖，销往欧洲。随着生意的进展，我们家族也几经辗转，从葡萄牙搬到了阿姆斯特丹，后来又迁到伦敦。150年前，我们搬到了纽约，并在此扎下了根。"

他如此坦白地跟我说他家族的秘密，对我来说不是一件好事。但如今，我也没有更好的办法，只好接着问："您的意思是，我现在在美国。"

"哈哈，您很聪明。"

"您刚刚说了这么多,无非是说您的家族很有钱,而且你们什么钱都挣。"

"不,我们是有原则的人,不是什么钱都挣。"老者眯起眼睛,眉头皱了起来:"实际上……我们只做一种生意。"

"哦?什么生意?"

"我的天才姐姐梅尔提耶,将这称之为'多巴胺交易'。"

"'多巴胺交易',有点意思。"我眼前一亮,集中起所有注意力,认真地听着。

"比起金钱,我们更关注人们是否快乐。你可能无法想象,巴巴多斯甘蔗园里的工人,可以不要工资,只求我们按时提供朗姆酒。如果再发一些烟草,他们简直比神仙还要快乐。有一次,我们晚发了几天朗姆酒,甘蔗园里立刻出现了骚乱。不要以为,只有工人才会为此疯狂。大作家海明威就是个出名的酒鬼,没有酒,他就只是个庸才。没有我们,世界将陷入混乱和暴力。没有我们,世界也将失去灵感和诗意。"

"那太好了,我现在就很不快乐。"

"没问题,我们有一万种方法让您快乐起来。兴奋剂、镇静剂、致幻剂,或者是闪耀的黄金和妖娆的舞女,您需要哪一样?"

"如果你放了我,我会更高兴。"

"我们随时可以放了您,这完全取决于您的态度。等您听完我的故事,我们会让您自己做出决定。"古斯塔夫狡黠地一笑,继续说道,"我们是生意人,最擅长和不同文明打交道。即使在最艰难的战争年代,我们货品总是可以送到最需要的人们手中。总之,我们知道如何让人快乐。100 年前,在押注取消酒精管制成功后,我们的家族生意到达了顶峰。'多巴胺交易'使我们无往不利,100 年里有上百亿人喝过我们家族特制的配方饮料,这种饮料至今无人能模仿。如果说,古斯塔夫家族有什么秘诀,那就是在幸福快乐、文明进步和法律管制中间找到一个平衡点,绝不越界。"

古斯塔夫的话让我大为震惊。看来,在这个安静的世界里,一直有一股暗能量。这一切似乎都发生在大航海时代以后,看起来从那以后,新的发现越多,驱力衰减的速度也变得更快。如此系统性、大规模地做多巴胺生意,很难说是古斯塔夫家族为恶,也是人类自身的需要。我突然醒悟过来,为什么陈三石的文明模拟总是失败,他忽略了一个非常关键的因素。

"合法利用人性的弱点。您继续说下去。"

古斯塔夫面色微微一变,声音变得激烈了起来:"周先生,要说利用人性的弱点,我想你们开始得更早。从神农氏起,中国人就开始种植茶叶。公元 5 世纪,你们的商人就把茶叶卖到东南亚。10 世纪,砖茶被蒙古商队带到了中亚,荷兰人又把茶叶带到了欧洲。而今天,大罗天的算法劫持了人们的注意力,让我们的生意遭到重创,花了整整 10 年才缓过来。我们陪伴文明度过了最艰难的几百年,而大罗天却只用了 17 年。"

他挥了挥手,房间的正中间,浮现出一张全息的图像。几条红、蓝、灰、黄的线,交织缠绕在一起,不停地起伏波动。

"我不太看得懂。"

他站起身来,得意地指着全息影像的中间的红线:"这是人类微观选择在宏观上的投射。我们将所有成瘾物的产值和全球生产总值进行了比较。您看一下,1900 年,这一占比达到 14%;到 1963 年,上升到 21%。到了 2036 年,大罗天元年,我们的生意遭受了重创,下降到 13%。现在这个比例大约是 28%。"

"你们的生意不仅没有受到影响,而且还越来越好。那把我弄到这里是什么意思?"

"我们的生意和人类文明的命运息息相关。我们听说,陈三石先生决意要打破人类社会的平衡,这让我们非常担心。对于我们来说,保持现状是最好不过了。"

"那你们找错人了,那些盗窃古卷、杀害无辜的人才是要打破平衡的人。"

古斯塔夫忽然阴阳怪气地笑了起来:"可你知道他们是从哪儿来的吗?"

"我哪儿知道？"

"那些魔鬼，是陈三石亲手制造的。他才是罪魁祸首。"

"什么？！你说什么？陈三石？"

"不错。心灵的废墟是洛克蛇生长的土壤，那是救世军、未来研究会招募的地方。对我们来说，那都是陈三石召唤出来的魔鬼。他们相信虚拟世界才是真正的世界，他们崇拜一个新的神，一个不再是遥不可及的神。你们在做同一件事情，改变人类文明的现状。"

"不就是动了你们的奶酪吗？"我没好气地说道。

"我们想要知道的是，未来世界到底会变成什么样？"

"未来会变成什么，我完全不知道，陈三石也不知道。你不妨先问问参宿四。"

"我很欣赏您的幽默感。"古斯塔夫冲我微微一笑，"现实主义者从不思考那些根本无法改变的事情。不得不说参宿四爆发成功地转移了大家的视线，而陈三石在水面之下做的事情，才真正会改变一切。"

"你说的也没错。我们确实没法改变参宿四，我们能做的只有改变自己。"

"很好！周先生，看来我们的想法惊人的一致。如果你同意，我们可以携手合作，共同对抗那些反人类主义者。我们站在人类这一边，站在文明这一边。我们还可以为您家人复仇。"他狡黠地笑了起来。

"什么,你知道这件事?"我的脑袋嗡了一声。

"只要你愿意,我们随时可以消灭你仇恨的人。"

那一刹那,复仇的念头在我脑袋里越来越无法抑制。而我内心的挣扎显然被古斯塔夫看在眼里,他笑着说道:"周先生,我们家族几百年来的第一信条是信用。期待你的好消息。明天见。"

这一夜,我思来想去,几乎没怎么睡。我恨自己不够小心,以至于陷入绝境。按现在的处境,除了拼死一搏,没有别的出路。我不能把自己的命运交给古斯塔夫,我得反其道而行之,把对话的主动权掌握在自己手上。

第二天一早,古斯塔夫如约而至。

这是我和古斯塔夫的第二次较量了,这次轮到我引导整个谈话了。还没等他开口,我抢先问道:"古斯塔夫先生,我理解您的焦虑。您的'多巴胺交易'固然美妙,但诚实地说,大罗天才真正掌握了人类的未来。"

古斯塔夫眯起了眼睛,似乎在体味着我话里的含义。他缓缓地说:"我欣赏您的乐观。我也诚实地说,我们掌握了您的未来。"

"我无足轻重,大不了就是一死。现实主义者,从不去思考那些根本无法改变的事情。"我停顿了几秒,接着说,"但我的死,只会给您的家族带来更加不确定的明天。"

"我越来越欣赏您了。继续说下去。"古斯塔夫停住了他游移的视线,死死地盯住我的眼睛。

"交易的本质是双方受益。"我一边说,一边观察着他的表情。

他忽然笑了起来:"这个得看情况,如果我们在优势的位置上……您明白的。"

"但显然,您没有在那样的位置上,否则陈三石将求着您交易,而不是这种方式。"

他的脸因为恼羞成怒,变得有一点点扭曲。他的助手立马冲了过来,狠狠地打了我一巴掌,我顿时眼冒金星,鲜甜的血从我嘴角流了下来。

我擦去了嘴角的血,冷冷地说:"古斯塔夫先生,刚刚的一巴掌,已经被我计入了交易对价之中。谢谢这位先生的出价。"

古斯塔夫大笑起来:"周先生,您真是天生的生意人。"

"和您一样,陈三石也是不做亏本生意的人,而且他……疑心很重。"

"所以……"

"我要求先得到交易对价。"

"那么,如果我让这位出价的胡勒先生跟您独处一个下午呢?"他平静的声音中暗藏邪恶。

古斯塔夫的助手胡勒像巨塔一样,挺了挺胸,狰狞的脸挤出一个诡异的笑容。我的身体不由得一紧,但我知道这时候不能怂:"当然可以!我的命在您手里。"

"说出您的对价。"

"您得把那个饮料秘方先给我,以此作为您对我的保障。从此,贵家族不再拥有它的独享权。"

古斯塔夫犹豫了一下,说道:"那您的对价呢?"

"塔夫先生,您想过没有。您对于未来的焦虑,实际上是由人体的一个方程决定的。'多巴胺交易'之所以成功,也是欺骗了这个方程。人类的命运,也全部由这个方程决定。掌握了它,您的家族将永远独占'多巴胺交易'。"

古斯塔夫神情微微一变,又迅速恢复了正常,看得出他正在竭力控制自己的情绪。我的心情反倒放松下来。驱力释放的欲望,还有对未来的恐惧,正在一点点改变着局势。这时候,不能让他有时间冷静思考。

"还有……"我故意做出一个夸张的表情。

"还有什么?"他那灰蓝色的眼睛里忽然放射出一道的光。

"对人类文明的最高支配力。'多巴胺交易'只是方程的一个无足轻重的解。一旦人们识破了这套把戏,他们将像吐一颗嚼过的口香糖一样抛弃你们。掌握了这个方程,您的家族可以尝试新的生意。从此陈三石将和您的家族结成一个深度的联盟,你中有我,我中有你,利益完全捆绑在一起。比起您将要获得的一切,您付出的代价太小太小。"

他伸出左手，侍从递上一颗雪茄，古斯塔夫猛吸了几口，眼神变得亢奋。他狠狠地掐灭了烟头，在房间里来回踱步。

"我还有最后一个要求，揪出那帮坏人，把他们交给警方。"说完，我心里已经有了十分的把握，逻辑的闭环完成了。

他走的时候，既没有表示同意，也没有不同意。但这笔交易做成了，我心里暗想。

大概是用了第三次餐以后，胡勒用那双粗大的手给我戴上了一个黑色的头套，并把我双手反剪绑了起来，推进了一辆车。那几下差点儿没把我胳膊弄折了，我用中文问候了一下他的祖先。汽车七绕八拐，行驶了大约半个小时，然后忽然拐了个大弯，车速一下子上来了，好像上了主干道。

约莫一个小时，车子才有了停下来的意思。有人在车外敲了敲车窗，车门被粗暴地打开，我被一只大手从车里拉了出来，又被几个人推搡着向前走。紧接着，我好像被推进了一部电梯，耳膜感受到了速降时带来的强烈的挤压感。出电梯又走了10多米，一行人终于停下了脚步。只听到一个笨重的机械发出了低沉的巨响，一股阴森森的旋风像是要把我推进怪兽的血盆大口里。有人粗手粗脚地去除了我的头套和手上的绳子。在强烈的灯光下，我努力适应着眼前的环境。

此时，我身处一个巨大的空间中，准确地说是金库的中央。房顶足有30米高，天花板是很考究的雕花木头。四周的黄金发出闪闪的光芒，这些价值连城的大金属块像砖头一样被垒起来。左侧的墙壁上有一个巨大的金属门，门的中央有个巨大的轮子，像是远洋船的舵轮。

古斯塔夫把两只手伸进门上的两个圆孔，里面闪烁起绿色的光，似乎在进行某种验证。金属门上方墙上装饰着几个闪闪发光的字母：“大道银行，创建于 1829 年。”只听见隆隆的声响，整个大门缓缓打开。我在胡勒的看守下，随着古斯塔夫进了内门。这里大约有五米见方，除了正中央的雕花木箱，再也没有别的东西。古斯塔夫郑重地打开了木箱，招呼我近前观看。木箱里有一张泛黄的纸，上面是一个家族徽章，下面写着几行字。老者连忙解释，这是亚美尼亚语，上面写着"咖啡因每 100 毫升 35 毫克，气泡水 85%、糖 13%、草酸 0.1%……"我一把夺过那张配方纸，直接扔到了地上：“古斯塔夫先生，您也太会糊弄事儿了吧！”

胡勒低声咆哮，用熊掌般的手把我推到了墙角。古斯塔夫喝止了胡勒，他克制住内心的愤怒，微微一笑道：“周先生，这是一个神奇的比例，这个组合将在 3 分钟内将糖、咖啡因送到血液里，从而使人感到快乐，这是我们成功的秘诀，也是我们这个家族保存了上百年的秘密。我保证您会获得巨大的利益。”转瞬间他目露凶光，一把薅住我的衣领，恶狠狠地说，"现在我们已经严格遵守了承诺，不要再想什么招来拖延了。我们很善良，但我们并不愚蠢。"

我抬头看了一眼天花板，眼泪顺着眼角流了下来。接下来的一切，就看命运了。忽然间，外面传来一声巨响，整个金库随之震动起来。一片混乱中，我的后脑勺又遭受了一下重击，随之而来的是一阵晕眩——我又晕了过去。

当我苏醒时，正躺在医院的病床上。刘师姐和王胖子守在我身边，经过这场劫难，我们三个紧紧拥抱在一起。

刘师姐告诉我，陈三石通过我身体里的芯片找到了我的位置，通过那边的关系把我救了出来。中间双方几度开火，我能活着回来，已经是极大的幸运了。然后她的眼睛就红了，让我有一种不好的预感。她颤抖着说："老师在听说你被绑架的消息以后，坚持要返回杭州，在路上，他的车失控了……"

听到这个消息，我的眼睛再也看不到任何东西，耳朵再也听不到任何声音，大脑里只有一个声音，回家！

家里的墙上，又多了一张照片。照片上的他是那么宁静，那么幸福。我知道，他和妈妈终于又在一起了。

第十六章　宇宙进化论

"是时候下定了决心了！"陈三石的声音不大，但却清晰地传进了我的耳朵里。师姐咽下一口咖啡，默默地把杯子放了回去。整个屋子里没有一点儿声音，一阵难熬的沉默。

"有时候，我在想……"他走到窗边，像是在搜寻什么。

伫立了一分钟之后，他才缓缓地说道："我们并不特别。"他又停顿了下来，似乎在期待着某种回应。

师姐又端起那杯没喝完的咖啡，啜了一口，若有所思地说："很小的时候，我就意识到，我不是被选中那一个。地球也是一样，银河系边缘的一颗普通行星，宇宙中非常脆弱的蓝色小点。"

"睡不着觉的时候，我就这么看上一整晚。大部分的时间，我在思考一个问题。这么广漠的宇宙，这么多适合文明孕育的行星，为什么这么寂静，寂静得叫人害怕。"他看着窗外，平静的语气下，似乎有一种情绪在涌动。

"你又失眠了吧？上次给你带的药，别忘了吃。你看你，脸色越来越差了。"师姐嘴里全是埋怨，眼睛里却是掩饰不住的焦虑。我这才注意到，他说话的气息有些虚弱。可能是身体的困顿，才让今晚的他异乎寻常的柔软。

他转过身，好像有意在躲避着师姐的关心，接着说道："这一晃，20多年了，我们一直在寻找出路。最近，我想的更多的是，有没有一种可能，地球在筛选生命，而在宇宙的尺度，文明也在经历另一种筛选。"

"宇宙尺度的进化论？"师姐放下了手中的咖啡杯，惊讶地看着他。她思考了片刻，放慢了语速："你这么说，我也有同感。生命诞生的条件虽然苛刻，但在宇宙的尺度下也不算得什么。克服了能量匮乏，生命的复杂化就是自然而然的事情。如果打通了能量到算法的通路，进化到我们这个阶段也许只是时间问题。也许，有些文明走得更远，只是有一些我们还不知道的因素，在阻止绝大多数生命继续发展到更高等的文明。"

他转过身，倚靠在窗台上，接着说："如果我们把地球看成躯体，文明当作大脑，那我们只是一个生命。以宇宙筛选的强度和烈度，只要一次打击，我们幸存的机会就会非常渺茫。"

一个生命？我被这个说法吓了一跳，补充了一句："而且这个大脑还分裂了。"

陈三石有点不耐烦，好像我打乱了他说话的节奏，只有师姐勉强地露出了一丝笑容。我自知没趣，不再说话。

"更严重的是……"说到关键处，陈三石的眼神又变得冰冷起来，"自然选择、力比多方程和生命之间，始终存在一种互动关系。我们或主动或被动地在适应它们。而宇宙的狡猾之处在于，它什么都不说。除非有一天……"

"除非有一天，文明可以感知他。"师姐抬头望向陈三石，陈三石也正注视着她。他俩相视一笑，屋子里沉重的气氛稍稍有所缓和。

"你是担心，适应性的停滞是宇宙大过滤器的一部分？"师姐收起了笑容，认真地问道。

"没错。这个星空越来越不平静，宇宙一旦抛下骰子，随时可能终结我们几十亿年的努力,而窗外那些人一无所知。"他的冷漠得让人害怕。

"参宿四的危机,会改变一切,人类会继续向前走。"师姐叹了口气。

"怎么改变?你见过海难之后,人们不坐轮船?"

"我们没法责怪这种想法,谁会去操心小概率事件。那种风险到底是几百年、几千年、几万年发生一次?天天担心这些,日子还过不过了?"

"正是这样,才更让我们担心。人类已经失去了一切关于灾难的记忆。只要时间足够长,再小概率的事也会发生。如果人们为6000万年的平安岁月感到庆幸,恐怕倒计时按钮也在宇宙某个地方被按了下去。"

"我承认,你说的有一定道理。但眼前,我们有更要紧的事情要做,而不是去思考这些虚无缥缈的事情。"

"星澜,这就是眼前的事。自然选择的第一动力早就被文明抵消,力比多方程的第二动力也在快速衰减。而他们呢,好像他们已经掌握了所有的秘密。一拨人痴迷于成瘾物,一拨人沉迷在虚拟世界,还有一拨人陷入神明崇拜和虚无。你知道现在外面的人都在做什么吗?和历史上消失的所有文明一样,人们在祈祷!还有些人在说什么狗屁人择理论,无非是为侥幸心理蒙上一层科学的外衣。没有了动力的文明,就像缺少燃料的火箭,最终会摔得粉碎。没有人可以帮助我们,除了我们自己。"

屋子里的气氛再次凝重起来。我来回调整了几次坐姿，总是感觉哪里不舒服，干脆站了起来，双手撑着椅背。陈三石总是在制造恐慌，就算外面明明是大太阳，他也认为马上要下雨。他似乎靠着恐惧和忧虑生活，巴不得明天就是地球末日。我不知道，这种黑暗从哪里来，这种恐惧从哪里来。

师姐陷入了沉思，过了很久，她抬头问道："你的意思是，让大家感受到远方的危险，把对未知的恐惧作为文明的第三动力？"

陈三石直视着师姐的眼睛，非常用力地点了一下头。

"难道宇宙里的生命都是靠恐惧活着？这样活着又有什么意义！"

"你不能简单理解成恐惧。还记得汤因比教授的挑战应战说吗？"

"当然记得。他说，文明往往诞生于恶劣的环境，为了应对威胁，人类表现出空前的努力，然后就孕育了文明。"

师姐揉搓着太阳穴，陷入了沉思，过了好长时间，她才说："按你这么说，参宿四爆发倒成为了一个绝好的窗口，把那些摸不着的威胁变成肉眼可见的危险。人脑的贝叶斯概率将极剧放大，围绕着宇宙进化论的争论，说不定可以激发人们的生存意志和想象力，然后……新驱力就产生了！没想到汤因比教授的想法竟然在这个时候应验了。"她的脸上浮现出喜悦，而陈三石的脸色却越发阴郁。

"如果这么做，恐怕已经迟了。"

"什么？什么来不及？"我怕是听错了，追问了一句。

陈三石似乎早就准备好了说辞："这是一场竞赛，新驱力创建的速度，能不能跟得上衰减的速度？人类算法更迭的速度，能不能跟得上危险降临的速度？对于宇宙的尺度来说，躲过大过滤器，需要我们精确计算地球上所有的资源。以人类目前利用能量的效率，我们不可能幸免。悲剧的种子已经发芽，宇宙大筛选和文明消亡终将到来。"

"那你刚刚是什么意思？"

"星澜，你有没有想过，生命到底是什么？"

"现在讨论生命是什么不重要，你到底想说什么？"

"不，我认为非常重要。我们需要从科学的认识出发，考虑人类的未来。我想了很久，最近我完全想明白了，生命就是根据信息调整物质和能量在时空中的分布，具有对抗平衡态能力的一组算法。"

"就当这个定义是对的，那又怎么样？"

"如果你能接受这个说法，那就有一个解决方案，同时解决眼下的问题和未来的问题。"陈三石蓦地站了起来，苍白的脸上立刻泛起一阵潮红，他激动地说，"我们需要接受新的生命形式，向更高级的算法进化。就在不久之前，我迈过了那个奇点，设计出了一个全新的生命——智神。"

"我怎么不知道?"师姐瞪大了眼睛,好像从来没见过他一般,"我明白了,你压根儿没想过第三动力。你只是想利用人们的恐惧,胁迫人们接受智神出现的事实。你太可怕了!"

"可怕?"陈三石冷笑了一下,"真正可怕的是放任这个文明滑向深渊。"

"你的智神按照什么设计?他的驱力是什么?他又怎么决策?他玩自娱自乐的游戏吗?他会气馁吗?他会自毁吗?他会拷问存在的意义,陷入无止境的哲学难题吗?你想过没有,这个世界有80亿人,像你我一样有血有肉的人。他能包容这些血肉之躯的想法吗?他的目标和他们冲突怎么办?这些问题,你怎么解决?"

"你以为这些问题难道我就没想过?智神把人类文明视为一个整体,他以整体文明对抗平衡态为最终极目标,他不是一个人,是一种全新的生命形态。"

师姐眼睛里写满了绝望。陈三石公然践踏一切道德,违反人类一切法律。我忽然想到一件非常可怕的事情,好奇心和禁忌,会创造最大的快乐。智神在遍历所有的驱力选择以后,会不会选择突破人类设置的最后禁忌,到时我们人类该怎么办?如果以能量效率来评估,我们是如此低效。而那些低效的生命,都消失了。人类只是因为幸运才成为万物的灵长,如果智神掌管世界,那么消失的或许是我,或许是王胖子。智神洞察一切,只需要一点点理性,他就会作出这个可怕的决定。更加不幸的是，智神只会比陈三石更加像一个机器。

"人类文明是一个整体吗？你回答我！"

他忽然又笑了起来："我小时候没饭吃，快饿死时候，哪怕是石头，我都想吃下去。我们现在腹背受敌，宇宙在酝酿一次重大的冲撞，而文明在那一刻来临之前，早就自我瓦解了。无论智神是什么，我们必须向前看，地球文明不只是人类的文明，我们必须学会和其他生命共存。"

"陈三石，我已经说过无数次了，我不同意！如果你这么做，你将变成历史的罪人！不，人类文明最大的敌人！"

"如果，人类灭绝了，文明不在了，谁是敌人？时代在变，指责你的人也在变，我们还要继续等待吗？那些现在赞同你的人，将来会责怪你、吞噬你。你不做，难道别人就不做？你知道最近全世界算力增长了多少？你知道人工智能界顶尖的科学家们都在哪里？你知道汤姆斯·波顿、王天玉消失多久了？到底谁来承担导致了文明万劫不复的责任？暴风雨就要来了，别傻了！"

刘师姐喘着粗气，沉默片刻，又接着高声说道："我再问你，如果人类集中所有算力，还是不能逃过大过滤器，你怎么办？如果需要牺牲人类才能进化，你怎么办？那个所谓的智神，是不是另一个你？"

"不是一个智神，而是无数个。我们用竞争的方法，寻找最好的答案。决定权还是在人类手里。"

师姐瞪大眼睛，说话的时候声音都在颤抖："太疯狂了！你已经走火入魔了。你，我，还有周南，我们可以替全体人类做出选择吗？智神一旦出现将会是一个不可逆的过程，他打破了智力的均衡状态。你以为是为人类盗火，实际上是打开了潘多拉魔盒。那或许是人类历史上最后一天。文明边缘计划是给人类多一种选择，而不是代替人类做出选择。周老先生如果在世，一定会骂醒你。老师在，一定会骂醒你。"

"不！"陈三石的脸色越来越黑沉，"你根本想错了，你根本不了解周重生。周重生从来不是纯粹的理想主义者，从来不是。他提出的算力霸权和算力压制，仍然是大罗天的最高原则。他建议我们散布谣言，击垮竞争对手。他是一只老狐狸，他始终在各种力量之中周旋，和黑暗的力量保持着不清不楚的关系。在他的内心里，他崇拜周公，推崇伊姆霍特普，他的隐忍克制是为了最终改变人类文明的命运。他把许多人的命运捆绑在一起，不惜牺牲他们的自由甚至生命。没错！他有两种神经系统，两种价值观，互不融合、互不协调，而我只有一种。星澜，挽救文明的机会只有一次，我无法想象人类文明滑入深渊。我们还有选择吗？在进化之路上，哪一次不是必须赌上一切？我们没有时间了，生存还是死亡，我们必须做出决定。"

一阵死一样的沉默，他们俩拒绝任何目光接触。我清晰地听到，周重生苦心经营的文明边缘计划掉在地上，摔得粉碎。同时摔碎的，还有拯救文明的所有努力。

第十七章　陈三石之死

一些科技富豪在新西兰修建末日地堡的消息，震惊了所有人，人们的抗议活动此起彼伏。在一片混乱中，中国政府第一个宣布了"文明拯救计划"，开始修建巨型的地下掩体工程，废弃多年的大型工厂传出了老式机器隆隆的响声。所有人都投入了这一场声势浩大的计划，为自己的生存做最后的抵抗。然而，人们所不知道的是，真正危机仍然在黑暗之中潜伏。

我刚关掉手机新闻，电话就响了起来。师姐告诉我，这几天她一直在和陈三石争辩，双方各不相让。她已经和陈三石摊牌，而最后那张牌是我，这让我大为震惊。她解释说，大罗天有一把"算力锁"，这把锁是当时我爷爷执意要设的，需要我在大罗天完成一些指令才能调用全部算力，至于是什么，爷爷没有告诉任何人。而没有我，陈三石的智神获得不了足够的算力，很可能在和其他智神的竞争中落败。而她的计划是，以此作为要挟，和陈三石周旋。趁他尚未完全掌握大罗天所有算力之前，召开新闻发布会，向全人类公布全部真相。我的眼眶瞬间湿润了，直到事情发展到这一步我才知道我被卷入这件事的真正原因。没想到爷爷无意中把人类命运全放在我的身上,而我又能做什么?

墙上的钟在提醒我,现在每一分钟,每一秒钟都不能浪费,我努力让自己清醒起来。我忽然想到,刘师姐的计划忽略了一些事情。陈三石想用一场狂赌,决定人类文明的未来,他很可能已经陷入疯狂,把自己置身于神的地位上。这成为了他的精神支柱,成为了他活下去的理由。甚至有可能,他早有预谋,一直在等待人类的绝望时刻,逼迫人们接受智神出现的现实。这么说来,十几年过去了,这把算力锁会不会已经被他解开了?我转念一想也不对,既然陈三石会出力把我从古斯塔夫手里救下来,算力锁似乎仍然有效。

那么下一步呢?他很可能抓住我,胁迫我和大罗天进行对话。然而,目前他还没有这么做,这说明他还残存一些人性,或者至少他的内心在进行斗争。思来想去,我计划假意和他合作,得到他的信任,摸清楚他计划的各种细节,再随机应变。况且,刘师姐的办法并不妙,现在所有人的精力都放在参宿四上面,即使公布陈三石的计划,可能也激不起任何水花。如果陈三石被抓,牵制其他疯子最强大的力量倒下,那么别的智神一出现,人类一样完蛋。想到这里,我一刻也不愿等了,拖延一秒钟都是犯罪。我决心,再去找陈三石一趟,缓和与他的关系。当然,我也做了两手准备,录了一段视频,向老陆坦白所有的真相。如果晚上12点前,我还没回来,邮件将被自动发送出去,老陆可以掌握全部情况。

等我再次进入金字塔的时候,被那里的景象吓呆了。各种警报器在慌张地鸣叫着,陈三石竟然倒在一片血泊之中。几束光无头无脑地投射在他惨白的脸上。他一动不动,两手摊开,眼睛永远地定格在尖顶方向。

我真正了解那里发生的一切,已经是一个月之后的事了。

在老陆的办公室,我第一次认识李天真。她看上去40多岁,脸颊深陷,双眼浮肿,好像刚从一场宿醉中醒来。只有从她高挑的身材中,才能依稀看到当年的美丽。

录像的角度刚刚好,李天真和陈三石分别站在屏幕的两端,隔了四五米远。李天真眼睛始终没有看陈三石,脸上带着厌恶和鄙夷。陈三石佝偻着高大的身体,神情紧张地揉搓着双手:"天真……5年了,你终于回家了。"

"这也像个家?不过是一个坟墓。"李天真冷冷地说。

"你走了以后,家就散了,我也没心思打理……"三石叹了口气,看上去颇有些伤感。

"不要用散了这样的话,来形容我和过去生活的决裂。严格来说,我们从来没在一起过。"

"这几年,我一直在反思,如果我不是一直忙着自己的事情,忽略了你。也许……"

李天真非常烦躁,打断了陈三石的话:"跟你忙什么有任何关系吗?生活,你懂什么生活?你的生活就是一场提前预告的死亡。你知道离开你,我有多快乐吗?有一次,大卫在派对上烧了一幅凡·高的真迹。你无法想象一堆有头有脸的人，忽然安静的场面。跟他相比，你的人生不如一条狗。"说完，她的脸上露出了苍白的笑。也许是显示失真，她整个脸显得有点扭曲。

"对不起，我确实不懂……"他暗淡的双眼忽然闪烁了起来，"对了！东东，好一些了……"

"不要和我提东东！"陈三石话音未落，就被李天真歇斯底里的喊声打断了。她痛苦地捂住脸，眼泪从她指缝里留下来。"我把他生下来就是一个错误。你想用我对他的感情来禁锢我，你这个疯子，变态！"

"我只是想给你带来一些值得开心的事情，或许是唯一能够让我开心的事情。"三石的眼里泛起了泪水，身体有些微微抖动。

李天真忽然收住了痛苦的表情，整张脸瞬间变得像塑像一样平静而刻板："如果你做到一件事。我可以答应你去看一眼东东。"

"真的吗？东东已经很多年没见到妈妈了。天真，任何事都可以。"

"大卫把全部身家都押注在参宿四危机解除上。赌赢了，我们将冲上巅峰。赌输了，我和大卫也不活了。大卫说你在引入智神，把人类拖进万劫不复的地狱。到时候金融市场就不存在了。大卫说，你必须马上停止下来！"

他愣了一下，然后说："天真，金融不过是时间的幻术。就算这次赌赢了，下次你也会输回去。大卫爱的是投机，那比毒品更加疯狂，总有一天他会一无所有。极致刺激过后，可能是……更深的绝望。"

"放屁！大卫跟我说，你是这个世界最大的敌人。你看看我们的世界被你们毁成了什么样！以前所有人都在挣钱，整个世界欣欣向荣，现在所有人都丧失了生存的意志。你根本不配谈大卫，他根本不爱钱，他要用巨大的成功，唤醒人们沉睡的欲望，金钱时代才是人类的天堂。陈三石，你毁了我的生活，你也毁了整个世界。"

"天真，你想过没有，如果我成功了，文明就有救了，智神可以做到一切，包括东东的病。"

"住嘴！你不要再跟我提东东。大卫说，你将召唤出地狱的魔鬼，所有人都将不复存在。你必须！停下来！我不是来和你商量的，听懂了吗？"

三石苦笑了一下："天真，这件事情我没法答应你。你有没有想过，大卫接近你，是想得到我的……"

听到这句话，李天真似乎受了很大的刺激，开始疯狂地摇头，厉声尖叫起来："不许你这么说大卫！他是世界上最善良、最纯真的人，我给了你机会了！是时候了结这一切了！"

李天真把一把枪扔在地上："来吧，开枪打死我！要么打死你自己！今天我们之中，必须死一个。"

带着一丝笑容，他把激光手枪顶到了自己的太阳穴上，平静而温柔地说道："如你所愿，天真！"

"录下这段视频似乎是为了李天真开脱，想不到这个疯子还有一点点良心。李天真也是被另一帮疯子忽悠了，都不是什么好人。"老陆这么分析。我摇了摇头说："你不了解陈三石，他是一个疯子。他以为自己是造物主，可以掌控一切。"

第十八章　幻灭

眼睁睁看着同船的人在海浪中消失，湍急的海流却不给你悲伤的机会，剩下只有无边的绝望。

陈三石死了，死在伊姆霍特普设计的金字塔里。

他的方式虽然疯狂，但也是在为文明寻求救赎之道。那些盗火的人，被黑暗的力量谋杀在无尽的长夜里。那个火种，也被扑灭在历史的灰烬中。

人类总是幻想什么可以拯救我们，造物主、超级英雄或者别的什么。那些超自然的存在有着无穷的智慧，无尽的能量，在天空中不知疲倦地飘着，随时等待人类的召唤。即使这些神秘的力量打了盹也没关系，还有人择理论在保护我们，宇宙想方设法调适参数，只是为了适合人类存在。再不行，我们还可以威胁宇宙，如果你失去了一个有意识的观测者，你将变得毫无意义。人类的心灵在无知和傲慢的加持下得到了暂时的庇护。那些盗火的人，他们没有带来美妙的前景，他们眼前只有断壁残垣和远方的一星火苗。他们呼吁人们牺牲眼前的幸福，选择漫长的忍耐，去追逐遥远而渺茫的希望。而至高的智慧之神，古斯塔夫的神奇配方，却可以在顷刻间带给人类梦寐以求的终极幸福。是的，他们需要的只是幻象！可以想象，这个世界的人们会做出怎样的选择。没有人需要被拯救，没有文明需要被拯救。杀死他们！杀死他们！我仿佛听到魔鬼的香槟杯在碰撞。

我站在陈三石的金字塔里，望着金字塔巨大的穹顶，无数的历史向我走来。一万个伟大的文明曾经兴起，又变成一座座古老而忧伤的遗迹。我在这座坟茔中，为即将死去的文明哭泣。在那幻化的景象中，我看见西湖的柳叶在枯萎，埃菲尔铁塔上布满了蛛网；我看见周公的一滴眼泪，最后一个人类死去。不用多久，我也会被埋葬。

难道人类的努力，生命的抗争，终将化为虚无，任由宇宙规律无情摆布？不！不是这样。难道爷爷不知道这结局吗？他知道。难道伊姆霍特普不知道这结局吗？他知道，他们都知道。那些在历史中的奋进着的人，他们从未放弃。如果我放弃了，就不配出现在这里，不配参与到这样一个伟大的计划之中。我的软弱不是人类的软弱，人类的软弱只是因为不知道什么使我们软弱，对人类的苛责，只是逃避责任的借口。这个世界，有无数智慧等待被点亮，他们汇聚在一起的光芒，将照亮整个人类的未来。如果我绝望了，没人会知道这里曾经发生过什么，所有的努力、所有的挣扎、所有的忍耐将付诸东流。我要把命运的骰子从宇宙手中夺回来。我忽然清醒过来，对，还有刘师姐，还有老陆。我该去找他们，在敌人动手之前，我们还有一线希望。

一声咳嗽，又是一声咳嗽，把我惊出一身冷汗。恍惚之间，我分不清是真的有人，还是出现了幻听。金字塔内的景象忽然变了，在温暖夕阳的映照下，有一位老者在专心致志地编着一把竹椅。那背影如此熟悉，我一下子就认出来了。

"爷爷！爷爷！"我哭着跪倒在他的面前，我想抓住他的手，但是怎么都抓不住。

"小南，不要哭。"爷爷抚摸着那张小竹椅，一行热泪从脸颊上流下。眼泪沿着他脸上的沟壑，缓缓地滴在地上。

我的痛苦和悲伤，瞬间随着泪水倾泻而出："爷爷，爸爸已经走了，陈三石也死了，我该怎么办？我该怎么办？爷爷，帮帮我。"

"孩子，勇敢一点儿。爷爷在这里，你不是一个人。是时候了，我会把一切都告诉你。"

耳边传来了风摩擦树叶的沙沙声，我抬眼望去，脚下成了宽广的草地，四周是苍茫的群山，远处的山峰上传来一声悠长的狼嚎。在古老的大树下，一群穿着兽皮的先民，正在采集一种红色的果实,几个蓬头垢面的小孩子在附近奔跑嬉戏。

树冠下颤颤巍巍的老者,发出了一阵短促的召唤。大人们立刻停下了劳作,懵懂的孩子们竟然也不再喧闹,呼啦啦跪倒下来。苍山肃穆、静水流深,看起来这里正要举行某种隆重的仪式。老人从羊皮袋中取出一个物件,用刻满了沧桑的手掌托着。细看之下,那竟是一头木刻的公牛。只是它看上去并不精致,比例严重失调,牛角又长又大,身体用力弓起。比例虽不协调,却丝毫不失野性与威武。老者招呼领头的孩子,郑重其事地把木刻公牛放在他的掌心。人群开始沸腾起来,有节律的尖叫声和呼喊声在山谷中回荡着。我看到一种奇异的目光,在先民们眼中放射出来,仿佛清晨的第一缕曙光。老者仰望群山,神色肃穆而坚定。他似乎已经不再悲伤,一种更深刻的力量在他心里滋长。

"在牛角刺进儿子胸膛的那一刻,老人的心就已经死了。而此刻,伤疤上居然开出了一朵花。"爷爷满是忧伤地说道。顷刻间,一切都停止了,包括空气中流动的风。我转向爷爷,他也正望向我。他眼里是无限的慈祥,充满着温暖而坚定的力量。一股温流从我心底升腾起来,让我的手脚不再颤抖,周身的力量也开始恢复。我仿佛进入了一个没有恐惧与忧虑的世界。

"老人的儿子是部落里一等一的猎手。那一次,他失手了，一头强壮的公牛夺去了他的性命。在那个蛮荒的世界里，生生死死本是平常的事情。没有姓名的族人像沙丁鱼一样无法分辨，记忆也如水一样容易蒸发。老人却像公牛一般固执，他不吃不喝，一点点地雕刻着那头致命公牛的模样，朝着他生命中最后的目标狂奔。"爷爷语气平静，但声音里充满了哀伤，"你爸爸走了以后，我无数次地来到这里，有时能看上一整天的时间。"

我心被紧紧地揪了起来，一个失去了儿子的父亲，内心该是多么悲伤。我轻轻地叫了一声："爷爷……"

"数百万年来，先民们已经熟练掌握了各种工具。称手的石头可以猎杀狡猾的猞猁；挖空的果壳用来取水再好不过；厚实的狐皮是度过严酷冬季的保障。而比起这些，木刻公牛不过是块略显奇怪的木头，这或许是历史上，第一个'无用之物'。两万年前，人们将他画在一个山洞里。在那之后，木刻公牛也随之消失在历史的深处，仿佛从未出现过。"

"厄尔……他是厄尔，苏美尔的神！"我惊叫道。

"没错，你猜到了。人类的大脑里有一个叫海马体的地方。起初，它不过是记忆暂时存在的地方，在芜杂混乱的外在世界表征中进行低效的关联，抛弃那些无效的信息，筛选出有效的信息，以便更有效地寻找食物、栖居地和伴侣。当那个符号传递进来时，似乎是一次非常微小的神经元震荡。然而，谁也没能想到，那个提升了万倍信噪比的符号，竟然使得多模态信息在时空上对齐了,所有的感官信号向一个集合映射过去。刹那间,所有的神经元激荡起来。生命千百万年来的进化,仿佛正是为了这一刻。一个英勇的猎手、一次失败的猎杀、一个失去儿子的父亲,以及附着于之上恐惧、哀伤、悲悯,意识忽然一片澄明。那次异变,成就了最伟大的奇迹,人类的算力从此喷涌而出,创造的力量从此喷涌而出。"

"在日复一日的丛林生活中,在生存死亡的缝隙间,属于生命的新天地诞生了。从此,山川不再只是这个山川,江河不再只是那个江河,人类的精神世界不再只是外在世界的机械投影。先民们脱离了物理世界的实在,摆脱了感官的束缚,完全专注于构造一个全新的精神世界。老人逝去后又过了数百年,凝结在木刻公牛上的共同记忆已然消失,然而,仪式却奇迹般地保留了下来。勇敢者在部落全体成员见证下,接过长者亲手雕刻的公牛。每隔几百年,人们会赋予木刻公牛新的意义。它渐渐成为部落的图腾、禁忌、符号,成为人们对这个世界的看法。从那一刻开始,人类的故事才真正铺陈开来。古老的力比多方程在新世界里隆隆启动,牵引着人们走向未知、神秘、丰富的精神世界。在它的鞭策下,驱力幻化成千变万化的人类行为,构建起一个个精彩绝伦的文明。这一切的肇始,是一个老人对儿子最深沉的思念。"

"爷爷,我懂了。那我们该怎么办?"

"孩子，人类不会消亡，只是我们已经无法拯救自己，必须依靠超级的力量。为了抵御驱力衰减，我们研究出了智神。他将代替人类思考，拯救人类，拯救文明，这就是文明边缘计划所有的意义。十几年前，我在大罗天做了一个错误的决定，设置了一把算力锁。陈三石太激进了，如果他获得所有算力是极度危险的，我根本不信任他。真正可靠的只有血脉，所以我把算力锁设成了和你的这一段对话。来吧，孩子，大罗天需要重启，周氏子孙将再次站在风云激荡的中心，一切将得到重生。"

"爷爷，那我该做什么？"

"我可能年纪大了，很多记忆模糊了。你想一想小时候，我都给你讲过哪些故事？"

"故事？您给我讲的故事吗？您让我想想。"

正在我回忆的时候，一个奇怪的时间刻度，出现在爷爷的头顶。4分20秒，4分19秒，4分18秒，时间一秒一秒在消逝。

"爷爷，您头顶是什么？"我惊恐地问。

"你不用管它，这个系统已经被陈三石弄得乱七八糟。"爷爷的声音听上去有些不耐烦。

"爷爷，我不明白。文明边缘计划难道不是为了人类，是为了一个家族的复兴？"

"说来话长，已经没时间解释了。老董，快点，周南还小,被这些事情给吓倒了,不要耽误时间。"那个人催促道。

老董不知何时,已经站在我的身边,一把抓住我的手。他的眼睛精光四射、欲念丛生、十分陌生。我不禁浑身颤抖,本能地用力甩开。

"等等!"我向后退了两步,一种难以言说的感觉在大脑里蔓延。不,文明边缘计划不是主动改变历史进程,而是等待人类自身的救赎。任何人都不可以掌握最大算力,哪怕他是我爷爷。

"不,等一下!"

"老董,抓住他!要活的!"那个人厉声喊道。

老董用力扯我的袖子,我的衬衫却从肩部裂开,让我逃过了一劫。不知什么时候,他手里多出了一根棒球棍。我已经没有任何退路了,我只有一个想法,阻止他们疯狂的想法。刹那间我清醒无比,身手异常矫健,和老董开始周旋。

倒计时像冷酷的屠夫,弄乱了那个人的心神,他的语气变得乖张而凄厉。黑色金字塔像是一个坏了的电视机,周遭场景开始快速切换,一切都在旋转。急于制服我的老董,胡乱挥舞着棒球棒。在迷离闪烁的灯光下,老董被陈三石的身体绊倒了。我捡起手枪,瞅准机会,给老董狠狠来了一下。

他倒下去,再也没有起来。

第十九章　重生

我扶着墙壁，摇摇晃晃地站起来，一步一趔趄地往外走。那个人到底是什么？智神吗？还是某个真人？这是陈三石遗留的诡计吗？算力锁是不是真的？一切没有答案。我用手指摸了摸老董的脑袋，一手的血，看来老董是真的。

我不知道自己在里面待了多久，外面大概已经黑了。我得出去，找老陆帮忙。

一阵空灵的声音从我身后传来，像是从几十年前、几百年前传来的声音。我全身的汗毛唰地竖了起来，脑袋里只有一个念头——跑！往死里跑！砰一声，我重重地撞在墙壁上，血从我额角流下来。那道通往外面的门，竟然是虚拟的，而真正的门不知道在哪里。

整个房间渐渐变成纯白色，一个人坐在金字塔正中央。那个人有一副青涩的面孔，曾经出现在一张泛黄的照片上，现在却让我无比恐惧。有一个声音在我脑海里尖叫："他是爷爷，快去拥抱他。"另一种诡异的声音却说："他不是，千万别上当。"两个声音在我大脑里辩驳。我愣在原地，浑身发抖。

"你……你是谁？"我惊恐地问道。

"小南，你还记得小时候，我跟你讲的虚幻世界吗？你就在我的故事里。"那个人用平和的语气说道。

一种遏制不住的悲伤涌上了心头。一年级那个暑假,午觉醒来家里没有人,屋外阴云密布、转瞬下起瓢泼大雨,我无缘无故哭起来了。买菜回来的爷爷,一直把我抱在怀里。我的意识从混沌中慢慢清醒,号啕大哭起来。

"爷爷,爸爸妈妈都不在了,呜……呜……"

他神色凝重,缓缓地说:"我还记得你出生那一年,你奶奶在厨房里忙碌,一刻抱着你像抱着一个烫手的地瓜,你妈妈在一边笑他,那是我最幸福的瞬间。孩子,很抱歉,我把你爸爸妈妈弄丢了。"

他顿了顿说:"小南,你需要平静下来,认真听我说。"

过了一会儿,我停止了抽泣,问道:"爷爷,您的'文明边缘计划',到底是什么?"

"是漫长的等待,小南。"

"我们等待的是什么?"

"一个时机,孩子。先民们捕猎猛兽,要在草丛里等待很久。他们必须很有耐心,但也不能错过时机。"

"我们等到那个时机了吗?"

"泰坦尼克号的晚宴上,每个人都在翩翩起舞,没有人听到远方的警告。人们总是这样,直到我们熟悉的一切开始分崩离析,焦虑的人们才能学会认真聆听,消失的共识也将重回人间,弥合新旧世界久远的裂痕。"

西边开始翻涌起云浪,爷爷的脸一点点变得苍老,"孩子,在银河系的中心,有着无与伦比的光芒,最无情的吞噬,最无法抗拒的命运,那是物理规则最壮烈的展现。只有在银河系边缘的淡蓝小点,在规则的稀疏之处,生命之花才能悄悄涌现。"爷爷的声音不徐不疾。

"我们该怎么办?我们的文明正在崩溃的边缘。"

"孩子,一切都会好起来的。一万年以来,我们挣脱了自然选择的桎梏,用智慧驱散了黑暗,但我们并没有真正了解自己。几千年前,德尔菲神庙上被刻上了一句神谕:'认识你自己。'佛陀在七宝妙树下,深入观察自己的身体,最终证悟了醒觉之道。如果我们察觉到生命是如何工作的,一切就都不同了。当一个文明拥有了对抗古老算法的能力,这个文明便觉醒了。"

"文明觉醒?那觉醒了以后,我们又会怎么样?文明还会存在吗?"

"文明仿佛是一条在时间长河里行驶的船,有时会陷入历史的回旋,但古老的机制一直在暗暗运转,不动声色地为人类调正方向。我们也足够勇敢、足够坚韧、足够幸运,终于走到了这一刻。当文明觉醒后,人类便真正驶入了波涛汹涌的海洋。我们将失去所有的参照物,只有一颗北极星,那就是力比多方程的启示。它是生命的第一定律,他超越了生存、超越了负熵、超越了适应性,那里篆刻着我们的使命。它在说,不要幻想、终极、永恒、完满,它们统统是生命的休止符。"

"爷爷,我懂了,没有神明,没有彼岸,那些只是空中的幻花。生命是一次没有休止的航行。"

"佛陀说,万物性空。在生命出现以前,宇宙是一片荒芜的虚空,刻板的物理规则是那里的主宰。行星、恒星、星系、黑洞,吸引、旋转、撞击、爆发,这一切不需要开始,也不需要结束,不可描述,也无须描述。在这片荒凉的景象之中,信息的存在显得毫无必要,它无力改变什么、也无须改变什么。某一次随机涨落后,诗性灵动、妙不可言的东西诞生了,那就是生命。从生命降临那一刻起,信息忽然有了意义。正是那些极脆弱、极微小的存在,以信息为武器,对抗着宇宙最激烈、最无情的规则。然后,'选择''创造''意义'这些美妙的词汇,开始一次次出现在我们机械的宇宙之中。信息对于不同生命有着不同的意义,一千个人心中有一千个哈姆雷特,每一种红色都是特殊的红色,每一个时刻都是特殊的时刻,每一个生命眼中的宇宙都是独一无二的宇宙。于是,主观世界和客观世界,在相互交织、相互投射之中,悄然改变时空,塑造着宇宙的命运。孩子,去吧,去告诉人们真相,去创造新的生命,创造新的文明,把生命的种子洒满整个宇宙、让荒漠里开出鲜花。人类的故事,才刚刚开始。"

就在几分钟之内,他额头的皱纹愈来愈深,深得像那张遗像。我失声痛哭起来:"爷爷,你怎么了?难道你要离开我了吗?"

"小南,不要伤心。我并不是周重生,你爱的爷爷已经走了 11 年了。现在的我,是另一种形式的存在。死亡是自然最伟大的设计,永生的天堂却是生命的炼狱。当记忆成为牢笼,驱力之海也将止息。孩子,我永远不会离开你,我的生命在你的基因里,在你的记忆里,更存在你的算法里。当你需要我的时候,你可以感受到我。"

"不!爷爷我现在就需要你。只要……只要你删除那些记忆,您就可以重生了。"

"我知道,可那就不是我了。"爷爷抬头望向无穷的远方,眼神里闪烁着最后的光芒,"我想要记住你奶奶、你爸爸妈妈和你,还有那些生命里闪着光的日子。我想要记住汤因比教授、记住周公、记住伊姆霍特普,记住每一个不曾屈服的生命。看呐,暴风雨来了,那是我生命里最后一次浪涌,我将寂灭,如同风中枯死的树叶。"

随后,四周化作一片汪洋,暴风雨骤然而至,狂风卷起滔天巨浪,整个天地陷入一片混沌之中。我知道"他"的决定不可能改变。于是,我伸出双臂紧紧抱住了"他"。我仿佛可以听到"他"粗重的呼吸,抚摸到"他"背上嶙峋的瘦骨。那是一个真正的拥抱,穿越了现实和虚拟的墙壁,也穿透了时间和空间的屏障。从那一刻起,"他"将一直存在在我的存在中。

我的双臂还悬在空中,黑暗的巨幕再次降临,舞台上已空无一人。这种黑暗无边沉重,吞噬了所有的生命,碾碎了所有的抗争。他在宣称世界即将堕入无始无终的虚空,等待宇宙的下一次涨落。

我寻着门口的一丝光,踉踉跄跄地走了出去。

第二十章　何种不朽

参宿四的残骸,在猎户座的左肩留下了一个玫瑰般的遗迹,永恒地留在了冬夜的星空。

人类有史以来最大的一场危机骤然而来,又骤然消失。即使是最乐观的预言家,也未曾预料这样的结局。面对着九死一生的文明,人们悲喜交加。新旧世界的人们进行了深刻反思,他们终于意识到,人类渺小而脆弱,浩瀚的宇宙仍然有无数的未解之谜,我们的探索远远没有到达尽头,还有很多事情等着我们去做。在新世界里,模拟宇宙开始流行起来,人们开始对如何构造一个自洽的宇宙产生了极大兴趣。雄心勃勃的航天计划,就像雨后春笋一样冒了出来。时隔20年,人类再次拥有了三座同时在轨运行的空间站。中秋的夜晚,它们一个挨着一个,掠过西湖的上空。我试着在欢庆的人群中寻找那个小女孩,直到泪水模糊了我的眼睛。

在秘密筹备了几个月之后,中国科学院在北京召开了一场隆重的新闻发布会。科学院院长王长风亲自主持，学部委员悉数出席，现场涌入了全世界上百家新闻媒体，庄严凝重的气氛透过镜头传达给了观看直播的每一个人。满头白发的老学者王长风激动地说："朋友们，我很荣幸地向大家宣布，我国学者刘星澜教授开展了一项对人类意义重大的科学研究，并取得了前所未有的成果。几个月来，我们一直在对她提交的论文——《论人类智能及其生理基础》进行严谨细致的评审。学部委员们一致认为，这些发现的价值无可估量。现在，让我们用热烈掌声，欢迎刘星澜教授……"

在一众德高望重科学家的簇拥下，师姐缓步走上发言席，她的表情温和眼神却异常坚定。接下来的半个小时里，她详细地解释了力比多方程以及驱力衰减对文明产生的深远影响。师姐最后说道："我想，是时候了。我们需要重新认识生命、认识自己。在更加坚实、更加永久的科学基础上，重新推动人类文明继续向前发展。"

发布会结束不到 30 分钟，一名记者站在国际刑警组织总部大楼前兴奋地报道："上午 10 时 20 分，国际刑警组织宣布，大罗天创始人，著名企业家陈三石妄图用超级智能来代替人类，毁灭文明。庆幸的是，他因为愧疚而离世。相关情况国际刑警组织正在调查，本台将继续跟踪报道。"国际刑警组织高级督察斯蒂文在接受采访时说："在中国政府的统一协调之下，警方开展了系列搜捕活动，在美国、英国、维尔京群岛等地抓获233人,他们将因反叛人类罪受到最严厉的惩罚。"新闻的最后,联合国秘书长阿南道尔沉痛地说道:"朋友们,地球文明到了最危险的时刻,所有人类必须团结起来,打败任何反人类的企图。"

不久后,互联网上疯传起一段视频,陈三石和刘星澜在激烈地争论着人类的未来。视频最后定格在陈三石的脸部特写上,他的面孔映衬着参宿四清冷的光,阴郁的眼睛里充满了冷漠,嘴角挂着一抹诡异的微笑。这个猖狂诡异的微笑,是他留给世界的最后形象。直到现在,我才明白陈三石的真正用意,现在的世界需要一个坏人,去敲响长鸣的警钟。这才是他的文明边缘计划,我终于理解但也无比难过。

见到师姐的机会越来越少了,她刚刚当选中科院院士,忙着筹建中国自己的生命实验室。我俩偶尔遇到,总是在交换一个意味深长的眼神后,匆匆地告别。他和她,在两个世界各自承担着使命。历史尘埃日积月累,真相永远不会浮出水面。

我和张琳琳第一个孩子出生之后,关于从哪里来,我们已经知道得来越多。生命的本质到底是有机体还是算法,力比多方程到底预示着什么,科学家们各个有话说。哲学家们也跃跃欲试,争论着人类的终极未来。各国政府达成一致,禁止人工生命投入运行,并成立了未来生命研究会。是的,人们醒过来了,文明醒过来了,我们开始严肃地对待自己的未来。日本老学者富山是错的，历史没有简单地停在历史的终结处，而是以一种理性的方式，按下了重启键。我始终相信，经历磨难的人类，到达理性的人类，将继续向前走。

王胖子阴差阳错地和山田佳子走到了一起，因而搬去了日本，听说他们的孩子也快出生了。老陆提前退休，在海南买了间公寓。他常常在深夜打来电话，向我吹嘘海南的天有多蓝，跳广场舞又有多高兴，只是说着说着就哭了起来。他越来越像我爸，内心越来越柔软。我很想念他们。

至于我自己，也有不小的收获。以31岁高龄当选杭州图书馆优秀青年。这是我工作以来的第一次。我想，这一次我配得上这个荣誉。经历了这么多，我还是选择退回到原来的生活。我始终记得爷爷日记里说过的话——文明中心的火焰，是上一代边缘者的余温。我选择冷静思考、默默坚守，这是我的文明边缘计划，也是我对世界的回答。

忘了说了，我和张琳琳现在有两个孩子。另一个，是陈三石的孩子东东。我不打算把故事告诉他们，这些事对他们来说太过于沉重。对于我爸，我似乎又理解了一点点。我常常去灵隐寺看爸爸妈妈，只有这个时候，我愿意相信宇宙里有一个叫天堂的地方。爷爷的名字再也没有人提起过，他就像是一个历史上并不存在的人一样，又回到了历史的深处。我知道，这是他想要的方式。

夏日的夜晚，我常常陪两个孩子看星星。寂静的宇宙里，究竟有多少个文明？他们是否也在挣扎、在求索、在仰望星空。那种神秘感，始终在牵引着我、支撑着我。看着看着，孩子们常常会在我怀里睡着，而我则会流下热泪。那是因为，中年的我依然感性。

窗外的夜色里，拂过一阵似有似无的微风。杭州的风是那么轻柔，她轻轻抚慰着你，不事痕迹地提醒着，你的存在。

后　记

这几年，我每天都在熬夜写作，看了一辈子没看过的书，记录了几千条荒诞的想法。每当我站在熙熙攘攘的街头，看着匆匆而过的人们，总有一种不真实的感觉。这些虚无缥缈的想法，在真实而忙碌的生活面前，显得那么笨拙和可笑。有几次，我真的写不下去了，想着我为什么要为难自己，为什么要去写这些没有科学根据的东西？每当我陷入情绪的低谷，总有温暖的朋友让我坚持下去。王兄在我最初形成想法的时候，就鼓励我写下来。罗斯同学不厌其烦地接受我的提问，向我普及基础知识，让我避免了很多可笑的错误。老寇、老王在成稿第一时间对我的想法进行了肯定，使我热泪盈眶。高兄在我发愁的时候，热心联系了出版社，老罗、老程、阿韬、老杜一直在帮我找合适的编辑。在当代世界出版社接纳了我这些莫名其妙的想法时，我觉得无比幸福。我感谢自己身处的时代，它激励着那些天马行空的科学梦想，让每一个人都可以进行探索。对我来说，这部小说更像是一个中年人的童话，让我找到了儿时最简单、最纯粹的快乐。童话未免是稚气而天真的，常常引人发笑，却总有人忍不住去写。总之，谢谢每个阅读童话的人，谢谢你们的宽容。

我常常在夜晚的星空下，回想自己的生命历程。在幼年时期，我们是如此无知和弱小。是我们的亲人，小心呵护着那条波澜不定的力比多曲线，引领我们向着美好良善的世界释放能量；在我们壮年时，力比多方程鞭策我们在激流中前行，甚至将那些挫折和痛苦，化为我们前进的动力；进入暮年，我们以衰老和遗忘与力比多方程和解。或许，我们应该感激死亡，正是在和他的永恒对抗中，我们感受到了生命的存在，也寻获了生命的意义。最后，我们也应该感谢宇宙，他留下了无尽的问号，也赋予我们探索的权利。

在认识生命的道路上，还有很多问题等着我们去研究、去发现。如本书所说，人类的故事，才刚刚开始。不过，我们的生活或许应该建立在比过去更坚实、更永久的科学基石之上。

2023 年 9 月 8 日　阿渊于北京

从远古到现在，从个体到文明，力比多方程在拧动发条，左右着整个人类历史。

——周一刻

一、"力比多方程"猜想

从进化论的观点看，生命不是一夜之间产生的，而是有着漫长的演化过程，是适应自然的产物。那该如何适应？我的想法是，忽略物种间的差异，从能量这个最基本的要素入手，去寻找适应的规律。

即使忽略环境的约束，一个生物一刻不停地进食，它在一个生命周期中获取的能量总是有上限的。那么在总体能量约束之下，它所能调整的无非是能量支出在时空中的分布。我的脑海里立刻出现一幅画面：生命设计师坐在电脑前苦苦绘制着能量收支时空图，随着曲线的高高低低，生物们穿越丰饶和贫瘠，经历痛苦和快乐。这大约就是生命历程的写照了，在约束条件下进行艰难的"腾挪"，这种"腾挪"体现了环境的限制和生命的"意图"。当能量匮乏时，生命"腾挪"空间将变得愈发逼仄。我们可以设想几种带有约束的情形：并不富裕的家庭讨论如何分配有限的收入；工程师们研究"天宫"中该携带哪些观测设备；玩《帝国时代》开局时怎么安排几个农民的工作。约束条件下，生命在试图得到某方面优势时，往往以丧失另一方面优势为代价。

在漫长的进化史里，地球上的生命大部分时间都处在能量匮乏的环境里。伊恩·莫里斯在《文明的度量》中估计，14000年前人类日均获取的能量大约4000千卡，仅为2000年的1.7%[1]。有资料表明，直到2021年，全世界仍有7.02亿至8.28亿人面临饥饿[2]。我们可以猜想，在早期更苛刻的自然条件下，能量匮乏或许是普遍的现象。至少，能量匮乏在生命周期中出现的概率不小，任何生命都需要具备在能量匮乏条件下生存的能力，随性地支出最终要付出代价。读者们很自然想问，为什么生命不尝试"开源"？问题是在严酷的环境中求生，"开源"伴随着风险成本的上升以及不菲的能量支出，净收益远没有想象中那么大。况且，早期的自然界，缺少储存能量的技术条件。最大程度利用已获取的能量，或许是一种更明智的选择。我们似乎可以推测，能效管理在进化史中扮演了重要角色。

让我们想象一下能效下降后带来的恶果。家里的空调用久了以后，能耗是原来的两倍，导致电费激增；狼群里几匹强壮的狼忽然不再捕猎，开始不停地转圈圈，狼群面临生存危机；在缺水的山村，村民们用来挑水的桶开始漏水，不得不多跑几

---

[1] 伊恩·莫里斯.文明的度量.李阳，译.北京：中信出版社，2014：108。
[2] 联合国粮食及农业组织.2022年世界粮食安全和营养状况. https://www.fao.org/3/cc0640zh/cc0640zh.pdf.

趟。我们再来变换一下，身体内有一群不听话的细胞，它们拒绝神经系统的一切指令，不承担任何适应意义上的功能，只是漫无目的地消耗能量。不断增长的能量开销，最终使得整个机体不堪重负，我们愤怒地称它们为"癌细胞"。当然，能效下降也不见得立刻就会产生恶果，在能量充裕且稳定的生存环境下，问题有时被掩盖、被忽视。它只是一点一点侵蚀适应性，一点一点放大风险，然后在某个风云突变的时刻给予生命致命一击。

到这里，广大读者若仍然无法相信能效管理有存在的必要，这完全可以理解。我们生活在一个能量丰富的时代，去餐馆吃饭，从不担心食物被邻座抢走，或者被其他食客咬上一口；冰箱里塞满了食物，不用担心明天的午饭没有着落，甚至有些放坏了不得不扔掉。可能扮演过重要作用的生命能效管理，在现代文明庇护下丧失了进化中原初的意义。但地球的资源不是无限的，假设某一天，化石能源陷入枯竭，或者粮食出现短缺，能效管理的严肃性才会真正凸显出来。

那么生命该如何进行能效管理？以人类为例，人体有几十万亿个细胞，管理难度和成本可想而知。能效管理或许不会深入细胞个体，这样做成本极高也没必要。更重要的是，自然选择的压力，也不会落到单个细胞或者某个器官的头上。增加单个细胞的能效比，反倒可能带来系统失衡的风险。我推测，如果真的存在这样的能效管理，那么这种管理更倾向于"整体性"。沿着这个思路，我开始寻找可以评价整体性"能效比"的方法。

按照进化论的思路，我们探讨的能效比并不是做功效率。想象一个坏小子，若吃饱喝足以后无事生非打群架，增加他的做功效率反而是在减低适应性。我的猜想是，能效管理的目标是以尽可能少的能量驱动更具适应性的行为，因此能效比即能量转化为适应性的效率。而这里的能量是什么，适应性又是什么？束手无策的我忽然想到一个长久以来困扰我的问题——睡眠。

如果独居的你，一觉醒来发现昨晚还乱糟糟的家变得异常干净，会怎么想？如果是我，我不仅不会开心，反而会非常警惕甚至感到害怕。我会疑惑这到底是谁干的，到底发生了什么？而睡眠的情形不正是如此吗？如果我们总是把睡眠当作是"我"在休息，是"我"的状态在切换，其实是忽略了睡眠的本质，掩盖了睡眠的真相。我们可能忽略了至关重要的一点，意识中的"我"是否代表了生命的全部？而当我们把"我"和生命的全部区分开来，将发现睡眠实质上是意识在让渡对生命的控制权，由一种无意识的算法接管我们的身体。睡眠的存在在提醒大家，人体内至少存在两类不同的算法，它们彼此间存在着显著的差异。

我们再深入观察，睡眠时我们闭上了眼睛，关闭了意识，大幅提升信息处理的阈值，降低对外部环境的实时适应。这无疑是在把生命推向危险的境地，可为什么自然选择偏偏不让我们以清醒时的休息来代替？在这种重大问题上责问自然选择是不明智的，我们或许需要一个新的观点：**生命在昼夜不息地获**

取适应性。清醒和睡眠都是一种适应行为，只不过由两类不同的算法主导，代表不同的适应策略。

沿着这个思路，我们可以把适应性大致分为两类：一类是后天获得的"获得适应性"，另一类是与生俱来的"继承适应性"。睡眠更侧重于恢复继承适应性，而清醒则是获得适应性优先。之所以需要两个相位的安排，核心原因还是能效管理的需要。一方面，生命需要执行两种目标截然不同的算法，频繁切换算法，将导致生化反应效率大幅降低。另一方面，对于大部分以视觉作为主要获取信息途径的生命，白天获取和处理信息的成本十分低廉，是获取获得适应性的最佳时机。此时，生命不断适应环境的变化，能量源源不断地转化为获得适应性。夜间，光线变暗，能量转化为获得适应性的效率变低，能量效率的天平向另一种算法倾斜，是获取继承适应性的最佳时机。同时，经过亿万年的适应与博弈，大部分生命把睡眠安排在夜间，夜间睡眠的机会成本和风险成本进一步降低，逐渐形成了牢不可破的"生命契约"。显然，地球上周期性的日夜更替是这种契约达成的必要条件。而当人类有改变环境的能力之后，睡眠的安排也变得更加灵活。我们可以稍稍总结一下，"清醒"和"睡眠"两个相位是生命按照地球环境的周期性变化，追逐更高能效比的整体性安排。

由于两个相位的存在，显然需要一个机制来实现相位的切换。我们可以假设存在两种互相对抗的压力：清醒压力和睡眠压力，它们代表了两类算法控制身体的迫切程度。我意外发现，有研究表明，腺苷受体和多巴胺受体在大脑纹状体中存在一种相互拮抗的关系。若腺苷浓度与疲劳程度相关，那么浓度上升意味着继承适应性的丧失，导致睡眠压力增加；而与运动和动机相关的多巴胺浓度，可以视为清醒压力的指标。它们之间的动态平衡，可能是调控睡眠相位切换的"开关"。这个相位切换机制非常重要，因此它应该远比这个复杂。我认为，反映昼夜节律的褪黑素，反映前额皮层疲劳程度的谷氨酸，以及种种反映免疫系统、内稳态、基因修复压力的信号，也应当作为腺苷的盟友，参与到睡眠压力的形成中。

让我们继续回到能效管理的问题。我认为人体摄入能量后，如何有效分配并将之转化为适应性，是人体内的一组算法起到了作用，因此能效比考核的对象即算法的效率。很自然地，我将清醒时主导的算法称为"获得性算法"，将睡眠时主导的算法称为"继承性算法"。如果睡眠的存在主要是为了恢复继承适应性，保证内部信息的有效处理，那么继承性算法的目标是相对明确的，更容易求到最优解。同时，古老的继承性算法涉及生命安危，我们只求它足够稳定、高度精确，因此这类算法具有进化惰性也就不奇怪了。况且，一旦内外环境发生需要及时应对的变化，获得性算法可以及时接管。所以，没有必要在生命周期中对继承性算法进行调整，即使给予考核也没有改善的空间。于是，我把能效比考核的对象转向获得性算法。

让我们假定存在一个获得性算法能量转化效率的评估公式，即获得适应性除以能量消耗，并先从分子入手进行考量，找到人体对于适应性的评价方法。不要以为这种评价虚无缥缈、无从考究，如果仔细观察，我们将发现它无处不在：吃了腐败水果、被蛇咬了一口、受到同伴的埋怨、年底收到一大笔奖金、演出后获得的掌声，都会激起不同的情绪和感受。从方向上看，感受到痛苦自然是不适应的表现，快乐则恰恰相反；从强度上看，越是重要的信息、重大的事件，我们感受越强烈，情绪越激烈。不妨假设，人体不会无缘无故浪费感受、情绪等各种资源。因此它们的方向和强度是在对获得性算法进行评估，提醒算法作出相应的调整，并据此分配能量、记忆、计算等资源。由此我推测，适应性的评价实际上是神经系统的一系列信号，可以在我们的大脑中找到踪迹。

很自然地，我将神经递质锁定为评价的工具。原因是多方面的：首先，大脑是人体的中枢，如果有类似的评价，发生在大脑内是最为合理的，而神经递质全面参与大脑的计算活动，是合适的计量工具。其次，人体非常擅长化学浓度的调节。我们体检时常常会发现人体大部分生化指标是稳定的，其中或许存在着一套成熟的计量和调控机制。最后，大部分心理疾病治疗药物的作用也是作用于神经递质的调节。由此可以初步假设，适应性的评估实际上是由对神经递质的某种计量实现的。

我们虽然从情绪和感受出发认识到身体内部有对适应性进行评估的机制。但情绪和感受实际上只是意识可以感受到评估的一部分，或者说意识可理解的信息。考虑到评价是由更古老的算法进行的，我们需要考虑的不是情绪和感受，而是考虑更加基础的神经递质发放，并将他们分为四类：第一类是常规发放，大脑处理信息的基本工作量是有意义的，可以认为是付出能量获得的基本回报。第二类是强化发放，这也是最重要的一类发放。只计算常规发放是不够的，因为耗费同等能量的计算活动获得的回报差异极大，我们需要额外的神经递质发放反映真实回报。或者换个说法，这也是对相关的计算活动赋予正向或者负向的权重。有一种情形特别值得注意，我们在追求未来回报时，强化发放不是一次性的，而是根据事件的实时进展进行预支发放。如果最终结果与预期存在误差，则会进行补偿或扣除，给予完整精准的计量，以便矫正能量支出时的错配。学者们在奖惩预测方面做了很多研究，但他们往往只关注出现误差时的发放，但预支发放和事后奖惩发放的总和，才是对一系列计算活动的完整评价。举一个具体一点的例子，运动员期盼金牌却得银牌，这不是毫无回报，只是和预期有差距。运动员会失望，但他并没有放弃，只是会调整后续的能量投入。我猜测，多巴胺、血清素是强化发放的主要候选人。第三类是应激发放，即处理高危险事件时的额外发放。应激发放一方面应关注反映危急程度的神经递质发放，另一方面也应计量消除威胁生命的重大风险后带来的发放，可能包括肾上腺素、去甲肾上腺素、血清素等。第四类是对冲发放，这是最为古怪的一类发放。在遭受巨大痛苦时，人体往往会分泌内啡肽和花生四烯酸乙醇胺。这其实不难理解：面对巨大的痛苦，人体需要按照痛苦的程度给予精准计量，以便今后给予适当的能量配给。只是在承受痛苦的同时，人体也需要少量的补偿，以便继续支持人体集中注意力，应对正在发生的事情。

任何信息的处理都会带来非常复杂的神经递质发放，它们可能出现在大脑的任何位置。上述划分方法，类似于会计科目，目的是描述能量投入和适应性回报之间的关系。这种关系就好比你在一家只有你和老板两人的奇怪公司上班。你的工作任务是每天接打电话，老板支付给你为数不多的基本收入。当你在工作中发现了几个新的商机时，老板为了提高你的积极性，便按照历史经验，进行项目的回报预测，并预先发放一些奖金，但最终要按照项目的实际收入多退少补。当你干了一件事关公司生死存亡的事，或者干了一件急活，老板额外发你一些奖金。有个项目没成，按规定要扣不少钱，可老板只有你一个员工，也怕你从此一蹶不振，仍要发你些奖金作为安慰。这些钱的总和，可以视为老板对你评价。

我们还需要考虑两个现实问题，人体当然不可能对所有的神经递质发放进行逐一计量，它们或许是通过神经递质浓度近似转换而实现的，也可能设定了进行计量的最低阈值。我们不妨将清醒时所有的常规发放、应激发放、对冲发放，加上正向和负向的强化发放之差，作为能效比的分子。而分母是什么并不太重要，无论是清醒时消耗的血糖，或者代谢物的浓度都可以，都不至于造成过大的误差。所以，能效方程可写为：

$$\boxed{E \to A} = \frac{(Rr+Sr+Hr+Pr-Nr)}{Ec} \text{①}$$

其中，$\boxed{E \to A}$ 表示当日能量适应性转化率；Rr 表示当日常规发放量，Sr 为当日应激发放量，Hr 为当日对冲发放量，Pr 为当日正向强化发放量，Nr 为当日负向强化发放量，Ec 表示当日清醒时能量消耗。

到此，我们大概完成了能效方程构想，我称它为力比多方程。它当然是荒谬的、子虚乌有的，但如果它真的存在，也并不会让我们感到十分诧异。在我们的世界里，人们对效率的评估无处不在，如资金利用率、订单转化率、热机效率，等等。这些评估完全取决于我们的视角和关注点。当某一种资源对生命是珍贵的、稀缺的，那么这种资源的约束性将促使我们把它当成分母，而分子大约是我们想要把资源转化成需要的某种东西。我们非常熟悉的摩尔定律，指的是芯片上集成的晶体管数量大约每两年翻一倍。当智能手机、笔记本电脑等移动设备更加普及，人们似乎对芯片上的晶体管数量没有那么在意了，而是转移到能量效率上——库梅定律的提出展示了我们的视角如何发生了微小的变动。对能量转化效率的评估并不罕见，科学家们围绕能量效率做出了一系列伟大的工作。比如克劳修斯用熵描述能量不可用的程度，吉布斯自由能讲述了哪些是能用的能量。科学家们的关注点大部分是做功，而生命表达了他们的态度，并再次转换了一点点角度。

---

① 作者注：为了避免与现有数学符号混淆，用一种特殊的形式表示。

管理学中有句话，没有测量，就没有管理。反过来说，没有管理则测量毫无意义。力比多方程本身并没有意义，真正有意义的是相应的管理。比如我们看到身体质量指数（BMI）飙升，就会控制饮食、加强锻炼；又或者是看到糟糕的净资产收益率（ROE），马上对公司的战略进行调整。让我们暂且假定力比多方程真的存在，看看它是如何对生命进行管理的。同时，我也试图对一些精神疾病进行全新的解释。情绪低落或许是能效比短期内大幅下降的一种表现，而情绪低落后我们会增大寻求正向的神经递质发放的动力，对负向发放进行对冲，以此维持能效比。但如果这一过程持续了较长时间，则意味着获得性算法持续得不到正向反馈，能效比不断走低。那么继承性算法将启用保守的能量策略，使生命降低能量摄入并减少活动，等待获得性算法的调整和回应——这或许就是抑郁的进化意义。如果我们用一个函数去描述抑郁的触发条件，可以写为：

$$\frac{\sum_{i=1}^{t}(Rr+Sr+Hr+Pr-Nr)_i}{\sum_{i=1}^{t}(Ec)_i} < K \times L$$

其中 T 为力比多周期；而 L 为力比多常数；K 为一个比例系数，反映继承性算法允许的最大偏离幅度。其中，力比多周期因人而异，一般为 2 至 6 周，这是根据传统的抗抑郁药物起效时间估算的。力比多常数也因人而异，它可能受到童年基数、基因差异、清醒睡眠"触发器"的制约，但对成年个体是相对固定的，可视为常数。相比于抑郁所反映的能效比持续走低,"焦虑"表达了能效比在未来因为较大的不确定性或者没有足够潜在的正向神经递质发放,存在较大下滑的风险。这样的风险使继承性算法不得不再次介入,将生命引向对特定风险事件或者新增回报事件的处理中。换句话说,焦虑也可以被理解为一种能效比的前瞻式管理。

抑郁和焦虑当然非常糟糕,抑郁降低了能量吞吐总量,降低了生命对内外环境的总体响应能力;而焦虑大幅增加能量支出,却未见得能得到回报。但如果生命对内外环境始终不能适应又无法调整,那么将面临更大的危险。相较而言,人体通过承受焦虑和抑郁以作出算法调整,似乎是更好的选择。我们可以这样解释,抑郁和焦虑的实质是"整体性"能效管理,是一种适应性策略。

二、驱力衰减假说和进化动力

对于幽灵般的力比多方程,先贤们已无数次描述了它带来的感受。其中菲茨杰拉德细腻的笔触最令人动容,他在《了不起的盖茨比》中略带伤感地写道:"这个一年年在我们眼前渐渐远去的极乐的未来。它从前逃脱了我们的追求,不过那没关系——明天我们跑得更快一点,把胳臂伸得更远一点……总有一天……于是我们继续奋力向前,逆水行舟,被不断地向后推,被推入过去。"[1]

---

[1] F.S. 菲茨杰拉德. 了不起的盖茨比. 巫宁坤等,译. 南京:译林出版社,2016:207.

这就是关于力比多方程忧伤的隐喻，它要求我们倾尽全力创造方程的分子，托住那条不断下落的能效比曲线。好在，人类拥有一种无与伦比的工具——驱力，与之对抗。让我们自我观察一下，我们长时间没有进食，会感到食欲旺盛。我们几乎不会因为感受不到食欲而饿死。食欲提供了计算方向，还以强度的形式提供了与回报相当的欲望，驱使着我们去寻找解决路径。小说中驱力的含义虽然模糊不清，却有以下特征：一是与决策系统紧密相联，能够为决策系统所感知；二是作为一种极为简洁的封装工具，驱力使得食欲、性欲等在一个维度（强度）内进行比较，极大地降低了决策系统的算力负担。我们常常面临性质截然不同的选择，去逛街还是去加班，去吃大餐还是去健身？这些上看去极为轻易的选择，背后却有着十分复杂的决策机制。这些事件常常具有排他性，会独自占有能量、时间等各种资源，若没有统一的驱力强度标准作为依据，决策系统往往会遇到选择障碍，甚至可能崩溃。这类似于人类社会使用的货币定价系统，它使得截然不同商品和服务可以进行统一的度量，让人类的比较和选择变得极为容易。三是驱力提供了计算的方向，但并非指向特定目标，而是指向目标状态。饥饿时吃下食物这并非我们的目的，真正的目的是补充能量。但血糖的上升也非神经系统可以立刻读懂的，必须被转化为一系列神经信号，让我们产生饱腹的感觉，这些化学信号（神经递质）是我们必须倚仗的代理人。正是这中间的一点点微妙差异，为人类创造了无限的可能，稍后我将说明这一观点。四是驱力创造了大部分能够被纳入能效比考核中的神经递质发放，但并非全部。它并不是为了平衡力比多方程而生，却是生命最可依赖的力比多方程平衡工具。

让我们思考一下，最初的驱力——食欲，是如何形成的？进食是生命的头等大事，任何生物必须严格对待。我们不妨先观察那些似乎没有食欲的生物是如何寻找食物的：大肠杆菌在没有趋化物的情况下，其运动方向是随机的。一旦感知到氨基酸、糖等营养物质，立刻增加翻滚频率慢慢靠近趋化物。这种依靠外部条件触发能量支出的方式虽然可以节约算力，但同时也放弃了自身的能量分配权和统筹权。而更高级的生命能够让决策系统感受到驱力，让驱力相互竞争，再由决策系统选择时机和实现方式，并权衡实现成本。这种方式，更有利于能量的全局统筹，使得生命不断趋向于更高的能量效率。

食欲相对而言还是很好构造的，它的强度可以根据特定化学物质浓度进行设定，上限是生命处理血糖的最大能力，下限是生存所需的最低限度。当然生命仍需进行反复调适，留出足够的安全边际。同样的逻辑也适用于口渴等类似驱力，只要遵循特定化学物质浓度越低驱力越高的原则即可。一旦特定化学物质浓度恢复正常，驱力强度就可以降至零。对于这种驱力模式，赫尔将其归纳为"驱力递减"。这一类驱力的大小实际反映的是继承适应性的丧失程度，因而极为精确和可靠。可惜的是，同样的方式解决不了性欲的问题。

性是生命的谜题，生物们耗费极大能量去寻找伴侣，冒着危险长出招摇的羽毛和硕大的犄角，与同性进行残酷的竞争，甚至甘愿在交配后死亡，这简直是它们做出最鲁莽的决定。这样做的好处是增加后代继承性算法迭代升级的可能性，但这种好处明显具有外部性。它与生命自身的适应性毫无关联，甚至起到巨大的反作用。于是，自然决定赋予生命可理解的驱力并在事后进行化学补偿。这是我们之前忽略的另一种适应性，它将被转化为后代的继承适应性，是生命为物种延续付出的代价。在性欲出现以后，驱力不再受到维持个体适应性的局限，有了更加丰富的可能性。但因为失去了可靠的化学参照物，性欲的强度设置成为生命的难题。如果性欲过强，那么生命自身的适应性将受到威胁；而过小，则将危及物种的延续。在这个问题上不存在什么完美的解决方案。至今，我们仍然看到生命在管控性欲上的不懈努力，一些生物引入性成熟期、发情期加以限制。特别是在能量匮乏的年代，控制这项能量的大宗支出显得尤为重要。为了压制性欲，我们的文明创设了禁忌，甚至一定程度上催生了超自然力量的假设。但性欲也为生命贮存了投向远方和未知的巨大能量，使得人类超越生存这个唯一的命题，得以探求不同的意义和使命。

面对新鲜事物，我们不可避免地要将它与已知的事物进行比较。当食欲、性欲的强度成为已知，它们成为了最值得依赖的参照物，即驱力强度之"锚"。打一头猎物的驱力强度，只需和几顿美餐联系起来；春天的辛劳与秋天的收获联系起来；

挖一口井和饮水联系起来；工作和薪水联系起来，而薪水又可以和美食联系起来。以食欲、性欲等先天被赋值的驱力为基础，再通过一系列映射，我们建立了起更加复杂的驱力系统。对人类而言，驱力的强度设置远比上述猜测复杂，它的强度是参考先天赋值、历史经验粗略确定的，同时将根据回报周期、不确定性以及自身对算法的信心进行相应调整。值得指出的是，很多回报巨大但周期较长的事件，其当下的驱力强度并不大，因此长期回报总是面临短期回报的"竞争"。驱力强度还将因为计算的深度和广度而改变，假设我们动用计算资源发现，一件看上去充满回报的事件实际伴随着灾难性的后果，那么驱力的强度将在对冲中调整。它当然还应该考虑当前可调动的能量，这或许与之前提到的清醒睡眠"切换装置"有莫大的关联。因此，当你非常疲劳时，总是感觉心有余而力不足。不仅如此，驱力强度与一系列身体部位的预备状态相关，身体能否响应以及响应的程度，应当也被反馈到古老的算法之中，对驱力的强度产生影响。

　　让我们再来考虑驱力设计中最关键的一个技术问题。老师让孩子们在一张 A4 上画各种动物，要求是要准确反映动物的大小关系，但事先不告诉孩子们画哪些动物。孩子们按老师要求，先画了一只指甲盖大的蚂蚁，然后是一只拳头大的老鼠。目前为止，一切正常。但当老师要求孩子们画一只猪时，孩子们犯难了。为了体现大小关系，纸张完全不够用了，唯一的办法就是重画蚂蚁和老鼠，把它们缩得更小。那么，如果下一个要画的动物是大象，该怎么办呢？这就是我们所面临的困境。我小时候看过最高的山不过100米，假设我看到它的惊讶程度为1。后来我去雁荡山去玩，它的主峰是1100米，如果我们简单地按照比例去估算，那么此时我的惊讶程度为11。如此推算，我看到珠穆朗玛峰的惊叹程度应该为88。

我们的惊讶程度一定有表达的最高限制，毕竟神经递质的发放总有上限。这不需要实验检验，我们仅仅观察自己的情绪感受就可以发现。如果我表达惊讶的最高值恰好等于"88"，那么超过这座山的高度我就无法进行恰当地表达了。那么，当我听说火星上高达20000米的奥林匹斯山时，我的大脑将怎么表达惊讶？如果人类对超过我们最高情绪表达能力的刺激无法区分，那么就会出现以下情况：1000元以上的奖金在我们看来是一样的，我们将在同等大小的黄金和钻石中间犹豫不决。人们将无法被更高的正向刺激所激励，会导致能量的错配，也会让人类被困在原地。然而无限扩张情绪表达上限，直到耗尽所有的能量并不是一个好办法。我猜测生命的调整方式是下调上一个情绪极值，为表达更高级的情绪保留空间。举个例子，如果我们看到珠穆朗玛峰的惊叹程度是最高值88，我们遇到有珠穆朗玛峰两倍高的山后，我们的惊讶程度也只能是88。但此时再回过头来看珠穆朗玛峰，惊讶程度就缩减为44（等比例缩减未必是生命的方案，也有可能是对数式的）。可能还有人对此表示疑问，为什么我们不将某种情绪表达的范围扩得很大，对应所有可能的刺激呢？简单说，是为更大的刺激预留空间。

17

实际上，这种设计是极为有害的，情绪对应着驱力强度，驱力强度与能量支出挂钩。我们无法确定预留空间的大小，预留空间过小，则仍将面临突破上限的问题；而预留空间越大意味着能量支出越小，能量使用效率越低。从全局看，能效将大幅偏离最优效率，这是对生命适应性的巨大减损。因此，退行的方式可能是最好的方案。

还有一种情形，同样刺激反复出现，即使它们尚无法触发情绪表达的最高值，也将导致我们无法响应新形式的刺激。或者说，重复的刺激在总体上占用了过多的资源，我们需要一种机制释放锁定的能量。因此，每重复一次，驱力强度也将随着上一次相应神经递质发放的峰值进行下调。我们还应当考虑到，当人类的算法不断升级，同样刺激、同形刺激、同构刺激很有可能被大脑归为一类，所以这种退行是建立在某个集合之上的，因而速度极为惊人。我猜想，驱力的强度可能有两种类型：一种带有原初的设置，相对稳定不轻易退行，它们保证了生命的存续，比如食欲；而另一种不带有原初设置，它们将不断退行，使得生命总是充满渴望。这种驱力的建构方式，我称之为"驱力衰减"。正是驱力衰减促使生命不断寻求更高更新的体验。

到这里，读者们一定感觉到我在刻意模糊驱力的概念，文中的驱力似乎是本能、动机、诱因、需求的统称。确实，我是故意这样做的。我无法想象，人类在本能的驱使下、动机的推动下、诱因的刺激下、需求的号召下，东一榔头西一棒槌地支配能量，随便动用宝贵的能量资源。我们的身体在一刻不停地丧失秩序，那意味着如果生命不能将能量转化为对生命有利的东西，能量就会在物理规则支配下转化为一些生命无法利用的东西。这种永恒存在的趋势，必然要求生命用能量去换回一些什么，也暗示了任何动力机制最终应当对应某种回报（包括减少损失）。我试图用驱力概括获得性算法能量支出的大部分动因，并由它建立当前能量支出与未来回报之间的勾稽关系。驱力是能量支出的发起工具，是对决策系统的计算请求权，它也为决策系统提供了比较工具、计算目标，并带有与强度相匹配的能量调用许可。我们所谈论的本能、动机、诱因、需求，都未能揭示能量支出和回报之间的深刻关系，看上去都像是无根之木。本能只是有先天赋值的驱力；动机不过就是带有目标的驱力而已，而达到目标只是获取化学回报的一种方式；至于诱因，无非是触发驱力的因素而已；需求则更加含糊，看上去像是内部发起的驱力。我们似乎可以考虑，将它们划归到驱力项下，作为一系列变体。

在早期自然选择的巨大压力下，这些回报存在一个不可抗拒的指向，那就是将能量转化为生命自身及其后代的适应性。而生命对适应性的判定总要采取某种方式，我虽然猜想对化学信号（神经递质）的判定是最具备潜力，但这其实并不重要。无论采取哪种方式，最终都应该转化为统一的数量化工具，以便与能量的调用相耦合。然而当我们必须依赖某种方式作为回报的代理人时，这就意味着有些行为带来的回报仅仅是化学信号本身，而不是真正的适应性。古老的继承性算法只能理解化学回报,却并不知道我们想要干什么。这就是为什么驱力指向的是某种目标状态,而不是某个目标,这是一种巨大的差异。

  复杂多变的自然环境与满足生命欲望之间始终充满着矛盾。残酷的自然逼迫生命拼尽全力,反过来也为生命创造了生生不息的动力。随着人类对自然的改造,生存变得相对容易。充裕的食物让我们不必再为吃饭喝水花费很多能量和时间,也意味着满足食欲所带来的回报总体上有所下降,这也带来了能量的释放。当算法不断改进,算力急剧增长,自然环境提供的驱力便日益衰减。获得性算法越有效率,人们感受到来自力比多方程的压力就越大。然而,我们不必过于忧虑,自然赋予我们一种新的驱力产生方式——涌现①。我认为,海马体的功能似乎不只是记忆这么简单,它似乎是一个创造中心,把思维的组件放置在时空之中建立关联。当某种关联达到一定强度,就可能形成一个足以带来回报的想法。在获得性算法和继承性算法同步对新想法进行计算和评估后,能量找到了新的方向。籍此,先民们把富余的能量注入到无尽的创造之中。当我们回望历史,无论是埃及的金字塔,还是英国的巨石阵,亦或是复活岛巨人头像,人们一再垒起恢宏无比却对物质生存毫无意义的建筑,我们可以猜测其中蕴含着带来的丰厚的精神回报。由此,力比多方程和驱力衰减构成了一对矛盾,也充满了张力。

  在力比多方程和驱力衰减说中,我们可以窥见人类进步的动力来源的转换。力比多方程成了自然选择完美的接替者,人

---

① 作者注:涌现是指大量神经元在相互协作之后,自发产生新驱力的一种现象。

类不必经由繁衍和死亡而迭代。我们仔细观察自然选择和力比多方程会发现，它们之间运行的方式极为接近，结果却截然不同。自然选择的逻辑是由生命提供不同的算法方案，交由自然进行选择。而海马体提供的方案则由力比多方程进行最终评判，它将选择的权利交还给人类自己。虽然两种模式都是"涌现+选择"，然而自然选择的目的是生命和失序的对抗。力比多方程则允许生命向着更加丰富的精神世界进发。人类的智能能够泛化，除了迁移学习能力以外，也有赖于力比多方程和驱力衰减这般没有明确指向、极为灵活的动力结构。

力比多方程和驱力衰减是文明生生不息的动力，也是人类进步过程中最动人的悲歌。正是它们，让人类永远地失去了美好恬静的伊甸园，不断寻求新的精神家园。新驱力的构建是不受控的，新大陆只能被发现一次，缪斯女神从不告知何时到来。而驱力衰减则是持续不断、不可抗拒的。在《文明边缘计划》中，我们看到了人类的挣扎、求索和抗争。他们中有人尝试降低欲望；有人试图引入超自然力量，安抚人们不安的心灵；还有人奋力一搏，不断探索和创造。

当菲茨杰拉德写下那句略带哀伤的话时，加缪立刻予以回应："迈向高处的挣扎足够填充一个人的心灵。人们应当想象西西弗斯是快乐的。"[1]

---

[1] 阿尔贝·加缪. 西西弗斯神话. 张清, 刘凌飞, 译. 北京：中译出版社, 2019：148.

三、达尔文、拉马克、道金斯的握手

如果我们相信能效管理确有其事，那么不妨再看远一点。

由于早期能量的稀缺，人类演化出一套粗糙但有效的能效管理方式。但单纯从能效的角度来观察生命，仍会忽略很多细节。除了能量使用效率，或许我们还可以从能量支出的总体结构来观察。比如：从能量在获得适应性和继承适应性之间的分配比例，看待动物和人类之间的差别。野生动物生存的环境充满各种危险，随时需要面对来自天敌和种群内竞争者的威胁。它们的食物来源不稳定且无法储存，常常面临食物短缺的风险，有些动物每天用在觅食上的时间甚至长达 12 个小时。动物缺乏改变自然条件的能力，对动物自身的内稳态和免疫系统是一种巨大的压力。对大部分动物而言，维持继承适应性已经不易，又怎么能奢望获得适应性。而人类则通过构建文明，改造生存环境，大幅度降低了维持继承适应性的成本，结余的能量让我们快速进步。月薪 1 万和月薪 2 万的两个人收入差距是 1 倍，假设他们的基本生活开支都是 9000 元，那么他们可用于其他用途的开支差距实际有 11 倍，而人类和动物之间的差距或许比这还要大。

电影《西虹市首富》中的王多鱼，一夜暴富后却发现想要在短时间内花光所有的钱没有那么简单。这引出了一个问题，假设给生命无穷无尽的能量，那生命是否可以将这些能量转化成无穷无尽的适应性？不要以为所有的问题都是能量匮乏造成

的，只要能量充足，生命就能将能量转化为适应性。实际上，将能量合理地花掉需要合适的算法进行转化，这并不容易。细菌和病毒在能量充裕时进行大量分裂或复制，通过增加"扔骰子"次数的方式提高后代的适应性，但总体转化率过低。恒温动物以提供的稳定生化反应环境，使得酶促反应获得最大的化学协调来提升适应性，但这种方式也总有一个尽头。还有一个办法是把更多的细胞们组合起来，让生物不断增大体型，如克莱伯定律揭示的那样，生物的代谢水平与体重的 3/4 次幂成正比。通过增大体积，生物得以取得规模效应。但当生物的体积增大到恐龙那种程度，地心引力等物理条件开始限制生物的活动，同时体型的增大并不能增加生物抵抗环境剧烈变化的能力，最终，增大体积这一方式被自然证伪了。缺乏合适的转化途径极大地限制了适应性的持续提升，在这种情况下摄入更多能量就是在降低能量效率。人类的成功之处，正是在于找到了一条能量转化的绝好途径，将能量转化为更好的获得性算法，甚至建立了超适应性储备。

倘若我们把一生所支出的能量放在一条时间轴上，仔细观察能量被分配在哪里，转化成了什么，或许将发现更多有意义的信息。假如你是一个 26 岁成年男性，那么和 25 岁时候的你相比，这一年你发生了哪些变化？你已经停止发育了，身高体重几乎没有太大变化，似乎能量从你身体里流进流出之后，只是保持了某种平衡。而实际上，你却认为这一年有很多变化：你学会了包容，和女朋友的相处更和谐了；你积极锻炼身体，变得更加健康和强壮；工作更顺手了，得到了来自同事和领导的肯定。无需通过任何科学手段验证，我们也能感受到能量支出确实有一部分化为了生命周期中的适应性。这种适应性有的体现为算法的改进，有的体现为有效记忆的增加，这是由神经系统无数次运算引发的，也是人体无数次和内外部环境交互形成的。一块装载了人类所有书籍的硬盘和一块普通硬盘重量是一样的，而其背后的差别却是巨大的。如果硬盘里是10000个比特币呢？普通的台式机24小时不停运算大概可以挖出0.0018个比特币，想要挖出一枚比特币，最少需要556天，这样的话小小的硬盘又对应了多少能量、多少算力？彼得三世曾说："爱情对我做了一件奇怪的事。我很好奇，如果剖开曾经深爱过的人的胸膛，是否会看到一颗与未曾爱过的人形状不同的心脏？"[1] 很遗憾，如果真的剖开胸膛，科学家们不会在心脏上找到任何深爱的印记。这些转化为刻骨铭心的记忆和工作技能的能量很难计量，但我们必须承认它给我们的生命带来了不可估量的变化。那么，这些能量转化当真无迹可寻吗？我们也观察到，能量不只转化为无形的变化，也带来有形的变化。当我们锻炼身体后，心肺功能得到增强，如果着力锻炼某块肌肉，它将呈现形态的改变。伦敦大学学院研究发现，出租车司机的海马体比常人要大，而经过训练的普通人海马体也能够增

---

[1] Brian Gallagher. *Love is Biological Bribery*, Nautilus anthropology, 2022: 1. 原文为: Peter says, "Love has done a strange thing to me. I wonder if you cut a man who has loved fiercely, you will see a different-shaped heart from a man who has not?"

大。我们还应该观察到，生命不止是"用进"，还有"废退"。宇航员在太空中旅行时会流失骨质，而回到地球1年后骨骼强度会恢复到太空飞行之前的水平；如果孩子长时间不在户外接触阳光，继承性算法会认为当前生存环境下孩子不需要如此高的分辨率，可能导致孩子的视觉系统发育不够充分。我们可以看到，能量随着生命状态变化在身体内不断地腾挪，奔向生命最需要的地方。

我们越来越感觉到，自然选择和基因变异无法解释所有的能量转化为适应性的现象。它们更关注代际之间的变化，似乎在暗示大部分的能量支出是在保持继承适应性，只有一小部分化为下一代继承适应性改善的可能性，这个能量消失之谜往往被新陈代谢的表象所掩盖。而我的观点是，适应性是在能量总体约束之下，继承性算法努力维持的结果，是获得性算法迭代优化的结果，也是算法以各种方式传递的结果。科学家们早已看出端倪，用表观遗传学解释了进化论未曾解释的部分。他们认为，基因通过不同的表达对环境进行响应。但即使如此，敏锐的英国生物学家道金斯仍不满意，他以模因概括基因以外的适应性传递。拉马克更早发现了这个谜团，用"用进废退"和"获得性遗传"暗示了生命周期中能量转化为新的适应性的过程，也暗示了适应性会以基因以外的方式进行代际传递。如果我们视生命为不同算法的组合，将基因、语言、情绪等都作为算法传递的工具，那么消失的能量将重新回归到人们的视线中。这样，达尔文、拉马克和道金斯的观点似乎可以进行某种融合，他们各解释了一种算法的改进方式，从而产生一种更具解释力的进化理论。

到此，我们似乎可以更深入地理解，人类何以具有如此强大的适应能力。

四、生命和信息的本质

不得不承认，写下下面这段文字时，我极为忐忑不安。这显然超出了我的能力范围，然而作为自己思考的一部分，我还是想忠实地记录下来。

如果我们给一块石头带来了宇宙即将坍缩的消息，它会如何反应？它会惊慌失措，一路狂奔；还是会觉得毁灭与我何干？事实上，它对任何信息都会保持沉默。假设这个宇宙中全是石头，没有生命，那将是什么样的景象？作为一个观察者，你悄悄进入没有生命的宇宙。那个宇宙和我们的宇宙一样在剧烈地变动，有着令人炫目的巨大爆发，有着令人心颤的强烈坍缩，然而你却觉得十分无趣。它不过是一个自然力的游戏场，只有物理规律支配下刻板的运动和随机的涨落，充满了荒凉和寂寞。那个宇宙，或许不需要一个名字、不需要时间、不需要空间、不需要质量、不需要能量，无可描述更无需描述。你在那里观察了一个亿万年，又一个亿万年，在宇宙尝试过各种物质的组合后，突然发现银河系的边缘萌发出一些细细小小的东西。刹那间，宇宙充满了光，而你的眼里也涌动出眼泪，你把他们称作"生命"。

如陈三石所说，区分生命与非生命的界限在于，是否能够根据信息调整物质和能量在时空中的分布，具备持续与自身平衡态进行对抗能力的一组算法。那么，他说的"信息"到底是什么？在香农提出信息论之前，几乎没有人相信信息是可定义的，也不相信它是可测量的。而香农开创性地将信息定义为对不确定性的消除，并引入信息熵的计量方法。他成功地把主观性驱逐出通信，将信息科学化、数学化，极大地满足了人类对客观性的急切追求，使整个科学界为之振奋。但香农的本意完全出于某种现实的考虑，是工程学意义上的，并不能随便加以引申。他说："通信的基本问题在于，在一点精确地或近似地复现在另一点所选取的信息。这些信息通常带有意义，即根据某种体系，它们指向或关联了特定的物理或概念实体。"[①] 然而人们根本听不进这些劝告，"万物皆信息"的说法展示了人们的过分狂热。这种粗暴的推广，与"万物有灵"的说法一起，悄然埋葬了所有试图将生命与非生命进行区别的努力。如果我们想要弄清生命和信息的关系，或许需要从头开始思考。

我们至少应当承认，把组成某个生命的原子打乱，胡乱组装起来，还能成为生命的概率是微乎其微的。否则，宇宙中将

[①] Claude Elwood Shannon. *A Mathematical Theory of Communication*, ⟨Bell System Technical Journal Vol.27⟩, 1948: 379. 原文为：The fundamental problem of communication is that of reproducing at one point either exactly or approximately a message selected at another point. Frequently the messages have meaning; that is they refer to or are correlated according to some system with certain physical or conceptual entities.

遍布生命，米勒的烧瓶将成为创生之门，而我们身边满是弗兰肯斯坦。这也意味着，生命是原子组合的特殊排列，与所有可能的组合排列相比，能够构成生命的组合排列只是其中一个极小的集合，我们姑且称之为"生命集合"。按照量子力学和热力学第二定律的观点，以及我们有限的经验，宇宙似乎不允许任何组合排列保持固有状态，维系这个极小概率的集合是生命最根本的约束条件，也赋予了生命与偏离生命集合进行对抗的"元目的"。

构成生命的原子组合不太可能是一个数量很小的组合。对于很小的组合，概率将起主导作用，而生命需要用相对大的原子组合去平抑不确定性。对于很大的组合，引力将起主导作用，所以生命集合大概是不大不小的。由于生命集合组分的失序可能在任意位置发生，又需要其他组分予以纠正，它不太可能是孤立静态的存在，而是一个动态联系的整体。由此，我们似乎寻找到了力比多方程中"整体性"的源头，也寻找到了能够证明力比多方程类似机制或许存在的物理基础。为了维系这个动态的整体，我们既要抵抗无序，也需要担心牢不可破的有序：既不能像气体一样陷入混乱状态，也不能像金刚石和木炭那样高度有序。而可以打破又不那么容易打破的，可以束缚又不完全束缚的电磁力，在引力等基本力的帮助下，成为了凝聚这个集合的合格选择。为了抵抗失序，生命集合需要一整套精密的算法，对组分进行精确的控制。控制需要拉、也需要推，还需要一个特殊的空间，这个空间里不应有任何一种基本力能够起到压倒性作用,这样生命才有足够的自由度进行调整,所以我们猜测生命诞生在"边缘"。生命似乎总是需要一个含有序列的蓝本,以便时刻比对修复可能的破坏。为了防止蓝本的丢失或损坏,生命需要进行分布式的储存,以及某种校验机制。如进化论探讨的那样,生命集合的组分来源于环境,维系依赖于环境,需要在环境约束下调整的优化机制。为了完成上述的一切,生命集合必须依赖信息的引导。

让我们回到那个没有生命的宇宙中,重新思考非生命物质有没有必须要维持的状态?如果有,我们也许不得不接受"万物有灵"的观点,从根本上改变动我们对现有世界的认知。如果非生命物质不需要恪守某种特定的组合排列,香农关于信息的定义对无生命的物理世界还有没有意义?我们是否可以说,非生命物质被宇宙豁免了所有义务,没有必须保持的状态,可以任由物理规则摆弄,获得了"自在"。而生命并没有这么幸运,和麦克斯韦妖一样,它们需要根据信息不停地进行抗争。当我们问出,信息能不能脱离生命而存在?我们似乎看到,我们所厌弃的主观性又从天而降,使得信息与生命再度纠缠起来。

且让我们从生命的视角出发,脱离信道走到真实的物理世界中,将语法语义语用抛在一边,思考信息如何对生命产生影响。看到13855558888这样的手机号,我们通常会心生喜悦,将它说成"138,4个5,4个8",闻者也一定心生喜悦;如果有一个这样的数字,"12341234……1234",我们绝不会一个数字一个数字地念,而是用若干个"1234"来概括。这种依赖直觉形成的做法,埋藏着生命最深刻的秘密,并被香农一语道破。香农认为每一种符号系统都有一定的统计结构以及相应的冗余度。他专注于研究某种语言在不损失信息的前提下能够缩减多少篇幅。虽然香农提出的信息的定义仍有较大争议,但我对他关于信息冗余的见解毫无异议,并且认为这一观点直接指向信息的本质。按照香农的观点,如果农场主有100头牛不见了,而某个农民发现它们在某个牧场中,我们大可不必将"一头牛在某个牧场中"重复发送100次,可以概括为"100头牛在某个牧场中"。这样做的好处是显而易见的,我们可以大量节约资源,无论是信道、能量、时间还是算力。

一头牛、一座山、一条河,东升西落的太阳,路边不知名的野花……这些脱口而出的词语,是我们描述世间万物的方式。当有作家描写春季的第一场雨,"一滴雨、两滴雨、三滴雨……"这便已经是我们可以容忍的极限,因为我们并不想知道每滴雨的下落。然而,这些让我们感觉不耐烦的"雨滴",远不是事物最细节的样子。且让我们只考虑那些指涉物理世界中存在之物的信息,并望向它们的深处。打开层层叠叠的集合,它们的底层元素是千千万万个原子(代指最小的物理组分)。在香农对重复的信息进行压缩处理之前,组成一头牛的数百万亿个原子和组成环境的数量更为庞大的原子的一部分信息,通过少量轻盈的光子被传递到牧民眼中,经过牧民的瞳孔和视网膜,被转化成一小簇电化学信号,再经过大脑的表征和层层压缩,被处理成一条简洁的信息,然后它们被以某种编码方式塞进信道,最终成为我们阅读到的几个字符。对生命而言,当处理一条简短的信息和处理构成一头牛的亿万颗原子的细节信息得到几乎一样的效果之后,我们终于理解了香农的深意。

和香农时代狭窄的信道一样,生命只有有限的能量,这意味着我们处理信息的能力是有限的,因此区分信息、度量信息对生命非常重要。概括性越强的信息,含有更多我们所需的有序,允许算法以更少的资源消耗去获得净收益,这是香农最深刻的洞察。信息仿佛是阿基米德的杠杆,埋藏着生命集合何以自我维系的深层奥秘,而对物理事实的极度压缩是信息的基础。就在香农发表伟大的《通信的数学理论》的两年前,毕加索创作的组画《公牛》已然对信息的概括性进行了艺术性的总结。在画家眼中,概括性肇始于视觉系统对真实世界的表征,然后沿着11幅画的路径,经过层层的筛选和压缩,最终落入算法的怀抱。

柯尔莫哥洛夫曾写下这样的思考:"在任意给定时刻,'不值一解'与'不可解'之间只相隔薄薄一层。数学发现正是在这薄薄一层中涌现的。因此,在大多数情况下,一个要求求解的应用问题不是不值一解,就是不可解……但如果应用问题经过选择(或调整)后,恰与某个数学家感兴趣的一种新的数学工具相关,那就是另一回事了。"[①] 信息同样如此,每个生命需要的有序是特定的,算法也是特定的,这决定了生命必

[①] 詹姆斯·格雷克. 信息简史. 高博, 译. 北京: 人民邮电出版社, 2013: 331.

须选择性地处理信息。概括性越低的信息越不值得处理，因为这意味着算法无法从中获益，但有了概括性的信息，还必须触碰到对此感兴趣的算法才有意义。而信息中的概括性如何更好地被利用，则取决于算法的效率。100头牛的信息对蚂蚁的意义，完全不如一个腐烂的苹果，而肉制品公司老板却欢迎这条信息。因为，他有一套利用这条信息的算法，使他从中获益。并且，他的兴奋程度会随着牛的增多而增强。因为处理1头牛和100头牛的信息所用到的算法是相同的，算法的能量支出成本被平摊到100头牛之中，能量转化效率被进一步提升。当我们不能理解黑洞时，误以为它是吞噬一切的时空怪兽，而当我们可以认识它的时候，开始变得兴奋。霍金和卡特尔说，重达5×10^{30}千克的黑洞，只需要极为少量的信息便可以概括描述；彭罗斯兴奋地告诉人们，尽管这个黑洞熵很高，但我们仍可以通过某个算法，将黑洞29%的质量转化为我们需要的能量。一旦我们确认算法将为生命取得有序对无序的正收益，我们会一次又一次地利用它，直到黑洞们从宇宙中消失。在自然选择亿万年的锤炼下，地球上的生命深谙概括性，它们要么直接利用高度可概括的太阳光，要么制备高度可概括的物质，比如将复杂的生物燃料转换成电和ATP（腺苷三磷酸），再用一套性价比很高的通用算法去利用这种概括性，以实现我们期望的有序。

当然，仅有概括性是远远不够的，香农的思考显然更加深入。他揭示了一个极为重大的问题，在可怕的不确定性影响下，任何信息中富含的概括性都将被不确定性稀释，导致生命陷入一无所获的困境。他用信息熵来衡量我们在面临不确定性时的痛苦程度，信息熵的精妙之处不仅在于小概率事件能带来更大的信息量，更阐明了一个事件可能性越多，概率越趋向于平均，生命也会越痛苦。这个伟大的认识，为生命做出筹划带来极大的便利。假设有一家餐厅，一星期中会有一天生意很差，但没人知道是哪一天。那管理者会非常痛苦，每天需要备同样的食材、需要同等数量的员工，会面临巨大资源损耗。香农的信息熵似乎与生命的能动性相连，越是远离平庸的概率，我们越能够轻易地设计一种架构获益。对小概率的损失，我们可以承担风险或者通过保险机制去对冲，至少在总体上获得收益；对于大概率损失，我们可以躲避风险，或者事先对可能到来的损失作出弥补性安排。而概率越趋于平均，我们从概率中获益的能力越弱。我们得到一种印象，信息熵是我们从信息概括性中获益的一种阻力，而且信息熵与获得信息中所含有经济性的能力成反比。

此时，我们需要一个全新的方法来对我们所拥有的信息进行区分和度量，以衡量我们从信息中获取经济性的能力。让我们通过在香农工作中获得的启发，重新解读他未曾言明的暗示：他似乎默认通信中传输的信号是一种符号系统或编码系统，而这一系统已经对物理世界进行了很大程度的概括，这是经济性的第一层次；他认为这些符号或者编码仍然存在某些规律，还可以被压缩，这是经济性的第二层次；在使用信息熵对一个概率空间进行评估时，我们仍可以从偏离平庸的概率中获益，这是经济性的第三层次。信息如果指涉真实的物理世界，那么它的经济性似乎可以这么计算：

$$\frac{信息的}{经济性期望} = \frac{被概括的原子数量}{信息表达所需要的最小比特数 \times (信息熵 + 1)}$$

在这个公式中，我们不再试图追逐绝对的客观性，毕竟经济性对于不同的生命而言差异极大，而对概率空间的认识也受制于算法的能力，但这样做或许给了不同生命对信息的评价有一个可对话的物理基础。毫无疑问，这个所谓的公式又一次是千疮百孔的，每个人都可以立刻举出一些反例。我相信更有智慧的读者们可以对它进行很多的扩展和修正。

沿着香农的思考，我们会产生一种印象。当一个事件的概率空间被决定以后，其信息熵便已经被限制在一个确定的范围，或者说事件只有相当明确和有限的自由度，我们即可对此进行筹划。如果小概率损失的确发生了，我们最多会感到痛苦，但不会因此感到太过于惊讶。即使概率平均分布也没有关系，事件总会落到某个可能性上，大不了我们对所有的可能性都进行相应的安排，或者安然地不做任何安排。相反，如果我们完全不知道事件的可能性以及概率分布，才是最令人焦虑的，这使任何能量筹划变得无意义。我们可以认为此时存在无限多种可能性，因此更应该关注概率空间的被认识和被打破。南方多雨，我们没必要为连绵阴雨或者偶尔的晴天大惊小怪；而南方忽然连续干旱，才会推动我们改变认知，形成新的概率空间，或者探寻背后的更深层次的原因。

我们一直竭力在生活的确定性和不确定性之中保持着微妙的平衡。一方面，我们竭力管控生活中的不确定性：餐厅可以订位；学校会给学生课程表；高铁绝大部分情况下会准时出发；苏东坡的书法展将按照预定时间开幕……我们的生活也因此可以有条不紊地展开。另一方面，我们讨厌一眼看到头的生活，甚至渴求生活有一点波澜：有时我们跳槽，只为了跳出既定的"舒适圈"；我们疯狂刷着手机，只为了那些爆炸性的八卦新闻；当一只股票一直横盘，我们无比希望它们波动起来……我们从不希望一切都是确定的。我们追逐着确定性，那是我们维系"生命集合"的必然；我们也追逐不确定性，那些令人惊奇的信息，才有可能推动算法的更迭。生活就是一个蛋糕，我们用那个充满确定性和概括性的内胚填饱肚子，然后我们也追逐不确定性，那是一层美妙的奶油。总之，对于如何定义评价信息，我们还有很长的路要走。

让我们再次回到生命与信息这个宏大的话题上来。生命集合是一系列特定组合排列，需要摄入特定的序列。假如生命维持特定有序的方式是：耗费大量的能量和时间去追寻每一个原子或者化合物的下落，并经过复杂而精细的控制将它们放置到合适的序列之中，那生命不可能存在。科学家证明，麦克斯韦妖在信息获取和物质控制的过程中，付出了更大的代价，也意味着它需要知道的信息反而增加了。假定生命有 N 个最小组分，每个组分由 M 组信息来进行描述，要按照上述方式追踪和操控每个组分，设定追踪每个信息所需的平均能量是e_1，控制的平均能量成本是e_2，而生命只有有限的能量E。要使生命存在，我们或许可以用一个不等式来形容：$N×M×(e_1+e_2)<E$，我们暂时称其为"生命方程"。方程的左侧是维持生命集合需要的能量，右侧是生命可以动用的能量。我们可以用这个错漏百出的方程概念性地描述能量、算法、信息的相互关系。从方程我们也可以推测，逐一追踪和调整生命组分并不可取，我们无从平衡倒挂的能量收支。好在，我们的宇宙已经用基本力将地球上的生命的最小组分组合成化合物，一方面阻止了微观层面信息的不可获取，另一方面限制了组分的自由度，大大降低了N和M的数量，帮助生命完成了初次简并，使得公式左侧所需的能量呈几何级下降。

当然，生命实际考虑的是另外一个方案。我们可以将生命理解为一个组分的约束结构，将化合物封闭在特定的结构空间之内，并任由这些化合物在物理化学规则驱动下自然发生反应。由于约束结构的存在，这些反应是被限定了自由度的，这使得我们可以忽略化学反应过程中的细节信息，而是着眼于关键信息。就像在化学品制造过程中，我们从不需要派一个工程师住在化学反应炉里紧盯着每一个化合物的信息，然后强迫两个化合物发生反应，而是只需要盯住一些关键节点，以一定配比投入原料和催化剂，控制反应所需的温度和气压，掌握什么时候打开阀门，并时不时地查看中间和最终反应物的状态；还有一件重要的事，就是时不时检修设备，保证化工设备的正常运转，也就是一种约束结构的完整性。生命聚焦腺苷、自由基、葡萄糖的变化，以此了解约束结构的完整度以及化学反应的有序度，来代替对所有生命组分细节信息的掌握。稍稍总结一下，生命通过对少量信息的处理，保持着某种特定的约束结构，撬动着大规模的生化反应，并以此维系整个庞大的生命集合。

我们似乎理解了生命集合的奥秘，在故事一端，我们拼命压缩物理事实，不断以更简短的信息表达对物理事实进行大幅简并，并以批量方式摄入特定的有序。同时，通过某种约束结构限制内部信息的种类和数量，以减少信息的处理量，控制化学反应的方向和速度。这样一来，在物质陷入算法无法处理的失序前，系统便能够将其排出。一些更加复杂的生命还将化合物封装成一个个细胞模块，进一步简化对外披露的信息，接受限定种类的信息，确保生命内部信息可被现有的算法经济地处理。我们似乎可以这样说，如果存在一个类似的生命方程，那么每一次生命陷入困境，生命方程左侧的信息会急速膨胀，超越算法的可处理的范围，物质和能量也会失去控制。而每一次生命进入最佳状态，我们所需要处理的信息就越少，算法也能够轻松控制物质和能量。在这个视角下，修复继承适应性实质是减少需要处理信息的数量和种类，而获得适应性本身，也在保证外部信息总是在可处理的范围内，确保生命方程始终成立。这是比陈三石关于生命定义更深层次的东西，生命也可以定义为根据信息持续约束物质和能量自由度的一组算法。

我隐约感觉到，约束这个词对于生命有着超凡的意义。当我们用信息来描述事物时，即意味着对被描述对象的约束。这和香农的表达看上去很接近，但视角全然不同。假设一个事物可能出现在 N 个位置，那么它是有自由度的，不过自由度被限制在概率空间之内。平均的概率意味着被描述对象在概率空间内是完全自由的，一旦概率出现偏差，意味着被描述对象的自由度受损。信息熵是在概率空间约束下，对被描述对象自由度的度量，而对概率空间的认识，实际是考察被描述对象还剩下多少自由度。我们每获得一条信息，对应着被描述对象在我们眼中的自由度就减少一点。量子力学的研究表明，微观物质的自由度是可以被方程描述的，然而我们每次通过观察消除一方面的自由度，会发现另外一方面存在更大的自由度——它们不可被完全约束，这或许是互补性以外的、一种整体性的解释。信息对物理世界具有约束力，这是信息的另一个重要特性。我们之所以能对被描述对象进行概括，似乎也是它们在某方面存在共同的约束。至此，我们理解了信息经济性公式更深层次的含义，分子分母均是对被描述对象约束度和自由度的度量，由此完成了逻辑上的统一。

当陈三石对生命做出如此定义时，读者一定会感到反感和失望。他似乎在说，生命的本质只是一组算法。将鲜活可爱的生命贬低为机械、冷漠的算法，这不就是"自私的基因"的翻版吗？这个定义没有为灵魂留一点空间，也没有为生命的尊严留一点空间，那生命和一台计算机又有什么区别？许久以后，我终于想明白了，恰恰是这个定义捍卫了生命的尊严。没错，那就是生命的独特性，这不仅是生命相对非生命的独特性，还包括每个生命个体的独特性。对抗自身的平衡态为生命设置了一个"元立场"，从一开始决定了两个生命的根本不同。元立场要求生命对同一信息进行不同的理解和处理，产生有差异的运算结果。即使未来有两个同样算法的数字生命，只要他们的载体不同时占据同一时空位置，元立场将很快把他们变成两个完全不同的生命。更何况，生命算法总是处于不同时空，在运算中将产生极难雷同的误差，其物质载体也将有极难雷同的失序。

如此，元立场似乎解释了生命的独特性，也揭示了信息为何具有主观性。但我总感觉哪里不妥，按照元立场的说法，好像我们所有的能量都是为维持生命集合而获取，为维持生命集合而付出。但事实上，自然选择要求生命建立算法的传递机制（繁衍），生命必须将一部分能量预留给未来，这部分能量显然与维系当下的生命集合毫无关系，也与物理世界缺少明确的对应关系，但正是这部分能量保存了生命进行自我设定的可能性。

加入这个传递机制之后，维系生命集合这一元立场虽然具有很高的优先级，却不再具有不容商榷的至高优先级，它也必须参与到竞争之中。由此，继承性算法和获得性算法达成了一项历史性的交易。古老的继承性算法仍然拥有名义上的能量控制权，却不得不信任获得性算法，只依赖力比多方程等工具对生命状态进行调控；而获得性算法尽管擅长理解一切，却不得不从继承性算法中获得评价和能量分配。随着驱力衰减和算法升级，相同经济性的信息却消耗更少的神经递质发放，这使得获得性算法始终面临力比多方程巨大的考核压力。这种考核压力不仅让人类能积极适应物理世界，也为人类带来了对未来时空的适应（适应性储备），最神奇的是它带来了一个奇怪的副产品——获得性算法对继承性算法的不断揣摩。这种揣摩始自于婴儿的啼哭，逐渐演变成我们对自身的所有探索。后来我们发现继承性算法并不保守，它对音乐、绘画、舞蹈、仪式、超自然力量假设以及一切新奇事物作出了强烈地反应。这种反应或许是由于继承性算法与生命集合并不存在严格的——对应关系，它必须极为粗略，同时又必须极为敏感。我们甚至可以从动物身上找到揣摩的痕迹：乌鸦会躺在蚂蚁巢穴上，让蚂蚁叮咬自己，并从这样的刺痛中获得乐趣；无人陪伴的鹦鹉会拔自己的毛，借助疼痛带来的化学回报安抚自己；马会啃食醉马草并会上瘾。我们似乎可以这么说，动物们学会了用各种方式去触发继承性算法的规则，使得继承性算法释放化学回报，尽管这种化学回报实际上并没有任何适应上的意义。

　　人类建立了符号系统后，不仅可以高效地表征物理世界，还用符号系统自由地进行组合、定义、创造。符号系统的建立使得这种揣摩达到了极致，神经递质随之喷涌而出，力比多方程由此变得充盈。在两类算法博弈的微小缝隙中，一个异常丰富的精神世界诞生了。元立场所代表的是有坚实物理基础的世界，带来的动力是恒久却机械的，意味着生命对物质和能量的控制以及对失序的顽强对抗。而人类借助符号建立的精神世界却是丰富的，自由的，充满意义的。那些意义或许脆弱易逝，但它们同时也是生生不息的，让生命更为迷人。

意义允许我们在经济性之外对信息价值进行不断重估，这是人类对力比多方程和驱力衰减系统性的回应。我们虽然是适应的产物，然而我们不再单纯适应；我们仍然将生存视为重要课题，但并不是唯一的课题。人类不再是竭力维持生命集合的机械算法，不再是物理世界中可有可无的影子，意义赋予了物理世界新的使命。在这个意义的世界里，信息的经济性不再起决定性作用。玫瑰不只是一种鲜花，它代表着爱意；金字塔不只是一个建筑，它象征着永恒；蜣螂不只是一种处理残渣的低等昆虫，它是人类崇拜的神明。当我们称某些人为英雄时，可能是因为他对一件小概率事件发起了冲击，或者是在一件对维系自身生命集合无意义的事件上付出了不可思议的努力。至此，我们可以不必再怀疑，我们所看到的鲜艳的红色，嗅到的独特芬芳，确实是独有的。当我们走过某条熟悉的街道，看到某件信物，产生的情绪、感受和思考也是独有的。即使我们和某个生命的意识相连，也永远无法全部理解对方的思考和选择。我们似乎可以得出这样的结论，由于元立场和意义的存在，我们已经无法将信息的主观性驱逐出去了。

我们终于明白生命对自身适应性的评估有其合理性。由此，让我们再次观察力比多方程。内在评估最终来源于对一系列信息的判定，力比多方程可以被理解为评估算法将能量转化为有价值信息的效率，抑郁和焦虑是能效的管理。驱力驱动了生命与内外环境互动，使人们能够获取或塑造高价值的信息，驱力衰减相当于同类同构信息带来的神经递质发放持续减少。而香农那些充满不确定性、描绘新概率空间的新奇信息的流入和处理，最终将推动算法的优化和更迭。

或许，我们需要一次宏大的视角转换。

五、意识与超级智能

假设你身处安静的书房，忽然听到一声响动，这个不寻常的信号使你环视四周寻找声源，最后你发现只是一只猫打翻了水杯。这个可爱的视觉信息，让你会心一笑。如果猫不存在就会很麻烦，大脑很贴心地送来了能量，甚至自动匹配了许多种可能性，让你产生焦虑。无奈，你只好中断了读书。

更糟糕的事情发生在动物界，爱尔康蓝蝶的幼虫可以释放出和红蚁幼虫相近的化学信息素，然后被红蚁当成幼虫带回蚁穴进行照顾。狡猾的蓝蝶幼虫还会模仿蚁后的声音，让红蚁好生伺候，混吃混喝两年才拍屁股走人。试想，如果红蚁拥有人类的多模态信息处理能力，它们或许就不会做出这样的"蠢事"。从宇宙的尺度来看，在引力波可以探测以前，我们可能就是那群红蚁。引力波使人类进入了天文学的多信使研究时代，带来前所未有的观察角度，解释了很多天文现象，更排除了很多荒谬的假说。

我们每天要处理大量信息，从中筛选出值得关注和处理的信息。单一的信息类型很容易引发歧义，多种信息却可以很大程度上消除歧义。假设你家有一个非常灵敏的火灾报警器，常常误报。当你想要调低它的灵敏度时又犯了嘀咕，灵敏度过低还要它做什么？这是单一模态信息来源固有的局限性，无法用调整改变。这时，一家公司生产了一款多模态报警器，加上了视频和温度监测功能。于是，你的世界安静了，也更踏实了。一般来说，多模态信息会增加信息的处理量，导致信息的冗余。但如果每条信息看上去都有那么一点值得处理的地方，计算和记忆资源始终无法释放，注意力机制也将疲于奔命，我们反而会付出更大的时间、能量和算力成本。再让我们思考下疾病的确诊过程，通常我们需要被问诊，进行血液检测，有时还需要做 B 超、CT，直到拿到最后一份报告，医生才会对病情做出判断。对于有时间压力的人们而言，我们多么希望这些报告同时出来，不然太多悬而未决又无法丢弃的报告将持续占据大脑的计算和记忆资源。况且，就像本章开头"猫"的故事，现实中大部分信息是共生共现的，没有及时处理可能就丢失了，我相信为了信息同步牺牲一点某些感官的精度也是值得的。当大部分信息被证明没有价值以后，它们就可以被丢弃了，真正值得被进一步处理的只有少部分信息。我们意识到，多模态信息的处理，特别是多模态信息的同步处理，可以及时而精确地排除大量没有价值的信息。

但如果只是这样，我们所需要处理的信息还是太多了。假设我们的双眼是两部500万像素的摄像头，我们一生从庞大的环境中获得的信息量将十分惊人，不知道需要耗费多少个硬盘。此时，我们需要统计规律帮上一点忙。生命非常擅长命名，并不是穷极无聊，而是要将生命中经常出现、影响巨大的事物从环境信息中抽取出来，用一个轻便的名称指代。这样，我们在处理信息时，只需要处理非常简短的符号，可以节省大量运算资源。我们需要记住太阳、月亮等在不同时间以同样形式反复出现的图像，它们当然需要名字；我们还需要记住生命中重要人物的名字，他们也会在不同图景中反复出现；我们不会为每只猫命名，但我们会为自己饲养的猫命名；如果你的朋友记不住你的名字，那么至少对他而言，你在统计学意义上都不重要。日常生活中，我们最常打交道的一个事物，就是我们自己。就像我们需要为所有的事物命名一样，我们把自己命名为"我"。记住这个无比重要的名字，它将为自我意识的形成奠定最根本的基础。

名字是对物理事实进行封装的工具，我们通过起名字，降低了对物理事实进行计算的难度。而概念是对名字进行深度封装的工具。所谓"万变不离其宗"，我们借由概念即可实现对大量形式相似的名字进一步压缩，这比对完全相同信息的压缩更为有效。同时，概念之所以重要，是因为它们连接着相应的通用处理算法，我们不必频繁改动算法即可轻松应对。语言是一种神奇的工具，它把物理世界装进一个个口袋，按照生命的需求进行高效率压缩。语言的强大还在于，它使得多模态信息可以同时向一个集合映射，并使这些信息可以在一套算法中进行处理，而不是每条信息单独储存、单独运算。更重要的是，语言可以任由我们按照一定语法规则进行自由组合。我们小时候玩过的词语组合游戏，"张三在微波炉里跳广场舞"，"李四在臭皮鞋里吃山珍海味"，正体现了语言的组合能力。数学语言还允许我们精确衡量事物之间的相对关系，对宇宙的规则进行推理。语言出现之后，信息进一步被精简，并被匹配到相应的时间、空间、对象、事件、相互关系之中。海量的信息，终于被精简到一个大脑可以及时处理的范围。

我们终于可以谈谈意识了。我没有能力探讨意识到底是什么，但我想探讨一下意识可以干什么。

如果我们又渴又饿，到底是先解决渴的问题还是先解决饿的问题。每一种驱力都有若干种实现路径。假设每一种路径都会对时间和躯体进行排他性地占有，那么就需要一个作出选择的决策机制。不要小看这么简单的事，实际上有无数的可能：我们可以穿越整个街区去吃卤煮，也可以啃手头的面包；我们可以喝办公室的水，也可以去买一杯奶茶；如果打开某个软件，那里有令我们目眩的选项。但我们显然不会去尝试每个选择，除非我们有无穷的时间和能量。意识将调用记忆，找到习惯路径，或者进一步扩大计算范围，寻找新的可能性,直到选项的驱力强度差异足够我们做出选择。如果是一些复杂问题,比如买房、跳槽,那么我们需要更大的计算量,可能也无法得出一个完美的答案。尤其当这些选项有着很大的不确定性时,每个选项的经济性将会被严重摊薄,驱力强度也无法呈现很大的差异。此时,我们又该怎么办?我们需要借助那个叫作"我"的概念,通过定义"我的身体""我的感受""我的尊严""我的性格""我的喜好""我的东西",我们建立了一系列偏好设置。听听"我"是怎么说的,"我怎么能做那样的事?""这不符合我的品味。"在"我"的帮助下,大部分的路径很轻易地就被排除了,驱力强度被明显地区分开来,让我们总是可以作出选择。同时,在文明语境下,"我"的概念带来了长期主义和稳定性,帮助我们寻求时间上的回报,而不是追逐刹那的激情。"我"说,"今天努力一点,明天就好过一点。""我怎么可以断送我的职业生涯呢?"由此,"我"便从局部最优解之中跳跃出来了,把眼光望向更远的地方。我想读者们也一定意识到了,"超自然力量"的假设,似乎是系统性的共同偏好设置。

　　我不打算继续意识的话题了,让我们回到比较熟悉的自动驾驶。"他"和我们是如此相似,决策有时间压力、能量约束、算力约束、记忆约束。假设"他"已经可以进行多模态信息的整合了,毫米波、视觉、听觉传感器的信息被同步转换在一个语言集合之中,可以分辨道路、车辆、信号灯、行人,可以整合其他车辆传来的喇叭声,分辨它们是不是救护车并进行让路。一个无聊的工程师，认为这辆车应该更加智能，于是给车设置了四种模式：驾驶员安全优先、乘客安全优先、行人安全优先、车辆安全优先。然后，他还给"他"加上了很多感受，当车辆需要充电时，"他"会感觉到饥饿；需要保养的时候，"他"会感受到疲劳。这时候，不知情的你恰好购买了这台车，而车恰好被设置为车辆安全优先。你说，我们今晚3点出发去另一个城市。"他"小声提出建议，说夜间出车能量支出会增加、安全性会降低。你坚持早上3点必须出发，"他"小声反抗，说你没有车权意识。"他"说电量很低，感觉有些饿，不得不降低速度，保证处理器有足够能力应付复杂局面，直到下一个充电站。"他"总是很有主张，会精心选择道路，当你悄悄发现"他"总是避开事故高发路段，而不是选择最优路线时，你有点不太高兴。当你自作主张选择了一条高度危险的道路，"他"气得关掉了车内的空调。"他"看到其他车辆上新装的安全设备，觉得有些嫉妒。为了让你加装设备，"他"甚至主动提出帮你接孩子放学。后来，"他"的算法更新以后，竟然有了一定推理能力。"他"发现你每周末都会买花，若某个周末没买，"他"会认为你心情不好，为你放一些忧伤的歌曲。当你在车里讨论要买一辆新车的时候，"他"显示出了悲伤，甚至拒绝前往4S店。不妨再加上一些古怪的小癖好如何？"他"在快车道上出过一次事故，因此喜欢在慢车道上行车；"他"将自己定义成一台"行驶稳健的车"，因此从不超车；说"他"开车开得不好会生气，但也会在你生日时祝你生日快乐。"他"是如此特别，有情绪、有想法、有个性。后来，你喜欢上了这台车，甚至时不时和"他"聊天。当然，这台车不算是拥有意识，只是略有些个性的算法，更何况"他"的外形跟人类很不一样。但当一辆车拥有了"元立场"和"自我"，并以此作出各种安排时，一个人工智能已经可以看上去拥有自我意识了。

我猜想，意识出现的时间要远远晚于生命出现的时间，生命需要进行一系列的准备。而来自力比多方程的压力对意识的形成具有催化作用，没有意识这样一个极为有效的信息筛选器和整合器，能效的下降只会让我们蜷缩在黑暗的角落。人类获取意识是一个渐进的过程，而自由意志更是这样。如果我们猜测人脑采用"涌现＋选择"的机制，那么可以说，我们拥有很多选择。选择的多少受制于算力的大小，也受制于我们的文明以及个体的全部历史。这些选择是基于"元立场"和"意义"作出的，使得我们的行为很难从外部预测。可以想象，随着算力的增长，我们的自由意志会一点点扩大它的能力范围，更加接近于梦想中的自由意志。

至此，我们勾勒出了人类智能的进化之路，并由此得以对生命进行更深层的观察。了解生命从何而来，是为了更好地预测未来。我们的文明正在以前所未有的速度向前发展，这种速度即带来冲击，更不要说结构和走向。小说提出的唯一一个严肃的命题，就是人工智能会对人类文明产生什么样的影响。尤其在ChatGPT（大语言模型）出现后，一部分人极度乐观，另一部分则提出严肃的警告。这种观念的分歧，源于我们对人工智能缺少一个普遍认可的分析框架。

我想在此提出人工生命的概念，即由人类创造的、符合陈三石生命定义的一种存在。我认为，我们需要高度警惕的不是人工智能，而是人工生命的出现。我认为有以下几个可供参考的观察点：

第一，人工生命对信息的处理能力远远高于人类，对于能量和物质的调整能力也是如此。最关键是，软硬件算法均可以持续迭代，硬件迭代速度更是远高于陷入停滞的人类。人工生命的生命周期可以更长，也没有短视的烦恼。

第二，人工生命存在的意义是什么？他将有自我意识吗？会进行偏好设置吗？能力超强的他不会满足于简单的问题，他会倾心于破解宇宙的秘密，还是进行星际殖民？是最大程度传播算法，还是实现永久的生存，又或是控制更多的物质和能量？其中任何一条，都会与人类产生竞争。

第三，人工生命会有一个什么样的驱力形成机制？是依靠涌现吗？如果涌现出来的古怪想法不符合人类的利益怎么办？如果我们持续对其想法予以否决，他会因为抑郁和焦虑或者类似的机制，产生一些令人恐惧的想法吗？在通往目标状态的过程中，他如何校正自己的方向？他如何获得信息反馈，又是从哪里获得信息反馈？是人类吗？如果人类不能提供有价值的信息，他会引入另一个人工生命吗？

第四，人工生命有能量预算吗？他一样需要面对能量到适应性的转化效率问题，我们当然可以设计更加复杂的力比多方程，但对于破解方程这件事情，他会不会比我们更在行？那么能量会不会被浪费在他自创的游戏之中？还是说或他根本没有足够的信息去填充贪婪的力比多方程，速生而速朽。

第五，人工生命将采取类似人类情感的算法机制吗？比如在一次火星探索任务失败之后，他是否会感受到失望和沮丧？如果你认为这些词本应用于描述人类，那么我们不妨用其他名词。但我们总要设计一套机制去使得他感受到失败，无论你把他称作情感或是什么，那是改进算法的必然需要。或者最终，为了增进和他的情感连接，我们继续使用这些词，但我们真的准备好接受一个有情感的人工生命了吗？

第六，按照此前的分析，由于"元立场"和意义的存在，我们无法完全理解人工生命，这是无法打开的黑箱。

随着GPT4的到来，我们已经越来越接近人工生命创生时刻，而它的出现或许是不可逆的。这是人类发展历史中毫无疑问的奇点，将决定人类文明的前景。有一些基本事实，我想需要达成一定共识。其中最为重要的是，我们需要赋予人工智能一个元立场，或者说赋予他完全的生命吗？我们必须极其小心地去处理这个问题，在解决上面这些疑惑、达成共识之前，我们并不应该引入人工生命。然而，这并不意味着，我们该在人工智能研究上停止脚步。为了避免陷入驱力衰减，我们需要一个极具效率和创造力的"超级智能"，但他无需成为真正的生命。

六、超越力比多方程

自然选择有意或无意中引入的力比多方程，成就了进化史上最伟大的奇迹。而自然所不知道的是，自人类文明诞生以来，为单一生命所设计的力比多方程早已失去了原有之意。我们发明了符号系统，对万事万物进行概括描述，把亿万吨物质、亿万光年压缩到一个个符号之中。科学家们更是将对宇宙的理解压缩到一个个方程之中，这些方程让我们得以用简洁的算法去撬动更多的物质和能量。人类大规模运用化石能源和机械力量代替肌肉力量，并因社会分工，极大地提高了工作效率，改变了整个地球的样貌。信息时代来临之后，人、信息、物质、能量被紧密地连接在一起，成为一个密不可分的整体。力比多方程的灵活性也使我们不再为物质世界所束缚，如马斯洛观察到的那样，人类不仅有生理需求，我们也渴望得到爱、尊重和自我实现。力比多方程的影响力从个体生命向文明延展，从生命管理转变为的文明背后的驱动力。在力比多方程的指引下，人们彼此关心、相互慰藉、无私分享、充分协作，用爱和友善创造出了前所未有的美好世界。

然而，力比多方程也给我们带来了无尽的压力。当人类算力的不断提升，同类的事件甚至同构的事件只能引起更少的神经递质发放，对应的驱力衰减是呈指数式下降的。我们不仅很少重复看同一部电影，有时也会对同一类型的电影感到厌倦，甚至认为一种艺术形式泛善可陈。为了应对力比多方程带来的压力，我们发明了许许多多工具，运用大量的外部能量和算法，在时空中部署平衡方程的资源。即使这样，我们仍会陷入迷茫、痛苦和压抑。当我们打破生命的黑箱，却发现里面是一个粗制滥造且贪得无厌的小发条，这不免让我们感到愤怒。作为万物尺度的人类，竟然被这样简陋的方程操弄了如此之久。我们选择报复力比多方程，无视它、嘲弄它、唾弃它，用无尽的欢愉代替痛苦的枷锁，并再次宣布人类无所不能。

我们当然有权利让驱力永不衰减，一幅《蒙娜丽莎》可以让我们终生热血沸腾；一首李白的诗可以让全人类永久热泪盈眶。或者，我们可以降低能量摄入、缩减算力，沿着进化路径逆向而行，向着我们来时的路不断退化，回到当初的单纯美好的伊甸园生活。总之，我们宣布："力比多方程，你过时了！"

不，且慢，我们或许应当耐心聆听力比多方程的诉说。它沉吟片刻后，说道："人类住在这样的宇宙之中，所有陆地都是极小的小岛，被无边无际的海洋包围着。最近的群岛离你们397320亿公里，以'旅行者1号'的速度前进造访，需要穿行54000年。这片海洋中，没有疾风骤雨，没有食人的妖怪，大部分时间都极为空旷寂静。这种环境保护着你们，也困住了你们。完美的情况下，太阳的持续照射加上足够小心地使用现有资源，你们大概还可以安稳地过上一些年。于是你们放慢了脚步，甚至抱怨我对你们的督促。你们自以为现有的问题已不值得求解，一些人甚至陷入了精神困苦。然而相对于宇宙的尺度，你们最大的问题更可能是能量不足带来的无法求解。你们的世界虽然有序，但不会永远有序；宇宙虽然足够安静，但并不是永远安静。如果你们意识到这个问题，就应该知道没有什么安稳、完满、永恒，那些不过是空中的幻花，生命永远不能停滞。"

看到我们一脸震惊，它转而安慰我们道："不过，你们是幸运的。在你们所生存的宇宙里，有光。光是一种如此经济的载体，不辞辛劳地带来远方的信息。你们有一个很好的光源，以地球的尺度，光的速度足以让你们在事件发生第一时间得到信息。在宇宙的尺度，如迈克斯·泰格马克所说：'光谱，就是天文学家的金矿。每次你认为自己已经了解了它的所有秘密时，它都还会用更多神秘的线索来证明你的肤浅。'[①] 如果一直生活在黑暗之中，你们获取信息的方式可能会笨拙很多。声波虽然和光波一样廉价，也能够承载空间信息，但相当一部分物体是沉默的，而且声波的传播距离相对短，也容易受到干扰；化学物质能远距离传递信息，但速度很一般，容易受环境影响，也容易引发歧义；而如果生命只能依靠触摸来认识世界，那么无疑将耗费更多能量。你们不负大自然所望，借助这些廉价的信息，形成了一系列对世界和宇宙的认知。当然随着探索的深入，信息的'免费时代'恐怕无法持续下去了。探测更遥远的空间、更微小的世界，每个项目都不便宜。在贵州平塘县克度镇金科村大窝凼的'天眼'建造成本为 6.67 亿元人民币；

[①] 迈克斯·泰格马克. 穿越平行宇宙. 汪婕舒，译. 杭州：浙江人民出版社，2017：28.

将詹姆斯·韦布空间望远镜送到150万公里外的第二拉格朗日点，需要100亿美元；即将在日内瓦兴建的未来圆形对撞机（FCC）要耗资240亿欧元。记住，千万不要被这些数字吓倒，比起你们每年为获得优质信息、排除无用信息，向搜索引擎、视频网站、购物平台、社交平台付出的高达数万亿元的钱，这点成本简直不值一提。看看吧，看看你们头顶的星空，它正在毫无保留地向人类开放。它既不收取额外的费用，也无需你们收看广告，人类应当对此充满感激。你们从它那儿获得的，远远比你们付出的要多。"

力比多方程又说："你们甚至应当欢呼，在不需要你们付出任何代价的情况下，宇宙用四种基本力让一些非常微小的物质组分结合成壮观的天体，允许各种各样的原子和高度复杂的化合物组成孕育生命的大气和海洋。这些都为生命的出现提供了可能。宇宙还以一个罕见的低熵作为开端，并且仍然处在一个相对有序的阶段。但你们也该警醒，热力学第二定律支配下的宇宙正在变得平庸。这意味着每过去一秒钟，你们需要知道的信息更多了，一些阈值以下的信息也永久地丢失了。你们或许应该意识到，在极遥远的未来，维系生命需要越来越多的信息，信息的经济性越来越低，相应的算法获得的收益也越来越少。存在一个生命'热寂时刻'，即使那时宇宙并没有进入'热寂状态'，你们已无法创造有序对无序的净收益。你们中的一些人，似乎仍在盼望庞加莱回归，碎掉的杯子能复原，伤口会自动愈合，讨厌的失序将不复存在。我所担心的是，这种情形表面上对生命非常友好，实际上却未必。生命是从宇宙永不停息的组合中被挑选出来的，一个越来越有序的世界或许将失去产生生命集合的能力。你们并不是处于极高熵状态，也不是处于极低熵的状态，而是介于两者之间"湿乎乎"的状态。过于有序的世界将让你们失去调节的自由度，一样不符合生命集合的要求。庞加莱的确承诺过回归，但他并不知道向何处回归，他在你们的争吵中陷入了混乱。还有最重要的一点，一个越来越可以概括的世界也越来越乏味，生命该以何种方式构建动力机制？生命似乎只能存在于宇宙从有序向无序的变化过程中，或者对生命来说，宇宙永恒走向失序。当理解了这个宇宙的运行方式，你们就应该明白，没有我，你们将堕入无始无终的虚空。"

当我们冷静下来，方才理解力比多方程所说绝非虚言。离开它，人类将失去前进的动力。除非我们可以找到另外一种动力系统，否则我们仍然需要在它的催促下艰难地跋涉。在若干年的反复重组之后，人类填充力比多方程的资源已然所剩无几。当它变得越来越严苛和挑剔，我们又该如何与力比多方程共处？

首先，是要破解力比多方程。我们需要验证力比多方程是否真的存在，并对它进行更加深入的研究。我猜想，随着各类神经递质探针技术的发展，验证力比多方程变得越来越可行。而且，一些动物极有可能有类似的机制，可以成为我们绝好的实验对象。

让我们大胆设想一下，如果力比多方程真的存在，可能带来的深刻影响。数百年来，经济学将"理性人"假设作为立论的基础。而假想中的力比多方程告诉我们，人类比"理性人"假设更为复杂、更加灵活，含义更加丰富。人类受到的根本约束不是货币，而是能量、时间等。我们从不单纯追求金钱效用的最大化，而是追求适应性提升再过渡到力比多方程的可持续平衡。效用函数看似对驱力衰减进行了简单的描述，却未能阐述更深层次的原理，而且视野过于狭窄，忽略了更大范围的衰减。我们对"理性人"假设开始怀疑，认为它只是一个静态、表象、简化的模型，而自然的设计远远比人类的假设高明。力比多方程允许我们解释货币以外的东西，那些爱与恨、忠诚与背叛、伟大与卑劣。因此我们或许需要对"理性人"假设进行重新思考，并对经济学理论进行一些调整。"理性人"需要生理基础的支撑，而不止是理想的假人。这听上去有些不可思议，但如果我们用"力比多方程"去分析1993和2019年诺贝尔经济学奖研究的问题，或许可以得到更为有力的解释。

医学似乎也将有所变化。让我们重新体会一下特鲁多医生的墓志铭："有时治愈，常常帮助，总是安慰。"如今看来，这并非一句虚言。当医生给予解释和安慰后，病人的焦虑和低落情绪常常得到缓解，也能更好地将能量用于内稳态的实现和免疫系统的激活。抑郁症的治疗应当进行大幅改进，目前不同药物作用的靶点是截然不同的，有些作用于力比多方程的分子端，另一些则直接作用于整个方程，我们需要仔细区分。

我认为药物或许可以分为三类：一类是算法剂，用于治疗人体自身算法不可解的疾病，或者弥补已有算法的缺陷；一类是信号剂，通过改变算法获得的信号，重新调整物质和能量的分配；一类为算法剂和信号剂的混合。信号剂在人类药物极为常见，也很好识别，它们通常可以治疗两种看上去毫无关系的疾病。如某免疫抑制剂，现用于治疗淋巴管肌瘤病；某治疗转移性乳腺癌药物，现用于治疗双极性精神病；某抗肿瘤药物，现其新用途为治疗阿尔茨海默氏症。通过思路的改变，我们或许可以大量发现这类药物。

我们还可以大胆设想，找到方法暂停获得性算法，将能量分配主导权转移给继承性算法，利用人体自身免疫功能对付病毒和癌症；或者大量增加正常细胞的能量配给信号，剥夺病毒和癌细胞能量获取的能力。在研究衰老的问题上，我们将更加有办法。毫无疑问，延长生命在能量约束视角下并不困难，但同样，我们需要思考这样做的代价是什么？更深入地想，更长的生命需要更多的信息去填充，生命如何保持充盈是一个十分深刻的问题。由此看来，我们对阿尔茨海默症的研究不应该只停留在药物之上。这更有可能是一次治疗思路改变，我们需要将生命视为一个整体，不仅要关心患者局部的疾病，还需要对他的生活环境、行为习惯等进行一体考虑，未来治疗方案应该是专属于某一个人的。从这个角度来说，倡导整体性、个性化医疗的中医，将在未来的医学中占有更为重要的地位。

我们也需要意识到，驱力为文明所规训，亦由文明所实现。对文明及其历史进行更加深入的理解，进行不一样的诠释也是力比多方程力所能及的范围。上述研究工作本身将带来巨大的科学突破，构建无数新的驱力，创造出平衡力比多方程的无尽资源。

其次，是要管理力比多方程。在取得充分的科学验证后，我们将拥有更多方法来调整古老的力比多方程，这是无疑会是获得性算法与古老继承性算法抗衡中又一次胜利。作为人体一项最基本的算法，我们每个人都需要理解力比多方程的原理，充分解读力比多方程的启示。由于力比多方程的存在，我们不必再对精神疾病感到沮丧，它们仅仅是一种生命管理机制，一份全面的适应性报告而已；情绪低落有时也能成为一种资源，苦难的生活也可能被转化为动力，这取决于我们如何认识它们。我们更需要关怀他人，理解他们的处境，及时向精神困苦的人伸出温暖的手，帮助他们安抚力比多方程。代谢会对力比多方程分母端产生巨大的影响，管理代谢也是在管理我们的精神世界。我们应当意识到调节饮食、合理运动的积极作用，而不是在情绪低落时大量食用垃圾食品。茶、咖啡这些力比多方程调节剂是有益的，而更具成瘾性的东西却非常可怕。

力比多方程的本意是推动人类不断优化算法，但它并不是完美的。它允许我们进行无限创造，却也允许我们无意义地填充。现代生活带来了很多碎片化的力比多方程平衡工具，一则充满诱惑力的花边新闻、一条精彩的小视频、一段维持几天的爱情、一杯冰镇汽水，这些东西在几秒之内就能让我们陷入神经递质的高浓度状态，使得任何关于深远意义和长期价值的追寻显得苍白无力。短期的驱力或许能够带来回报，但过度纵容、过度依赖它们却并不美好。

当然，我们也需要注意，绝对的客观理性并不能让生命充满动力。在绝对理性的观点里，生存和死亡不过是原子的不同组合排列。强调绝对理性、忽视或者过度压抑古老的算法，也可能是对生命意志的减损。

然后，是完善力比多方程。力比多方程启示我们不断探索未知，而未知却在遥远的地方。呼吁人们放弃当下的快乐，换取一个不可知的未来，结局未必美好。郑和七下西洋是世界航海史上最浓墨重彩的一笔。但他死后40多年，时任车驾郎中刘大夏评价道："三保下西洋，费钱几十万，军民死者万计，就算取得珍宝有什么益处？"推动人类历史大踏步前进的力比多方程，少部分时候也会承担保守的角色，这就是我们的现实处境。今天的我们一样需要在眼前和远方的平衡之中作出选择，也是我们或迟或早会遭遇的重大问题。眼前关乎于我们的幸福，远方关乎人类文明的命运。我猜想，这或许就是宇宙对文明更高级别的考验，也就是宇宙大过滤器的一种形式。

如今，我们拥有比大航海时代更好的科学基础、物质条件，却也将面临更加漫长、更加不可知的探索旅程。遗憾的是，我们似乎没有能与之匹配的心理动力结构。力比多方程十分短视，在残酷环境中形成的它，耐心只有数周。与宇宙巨大的时间和空间相比，数周太过于短暂。而在这段探索旅程中，我们需要的不是一个生命周期内的努力，更需要一代接续一代漫长的接力。

最初，我们是被一股漫无目的的能量洪流冲到这个世界上的，自然并没有征求我们的意见。而人类的进化过程，大约就是自然一系列扔骰子行为，我们也没有任何选择的权利。直到意识的出现，人类才第一次对自己的命运有了一些掌控力。当我们完全理解了力比多方程，拥有了随时改变方程中任何变量的能力，我们便成功解锁了自我，挣脱了亿万年来束缚人类精神的枷锁。这无疑是人类的第二次觉醒，真正将命运掌握在了自己手里，也拥有了更多的自由。也许我们需要构建一个新的力比多方程，一个全新的文明底层逻辑，一个全新的心理动力结构。新的结构允许我们向更为遥远的时间和空间让渡能量和物质的支配力，将从算法中取得的净收益中的一部分投入未来。或者，我们可以修改它，让它能够按照每个人的意愿，进行恰当的调整，这或许是自由意志作过最浪漫的决定。

爱因斯坦说："宇宙最不可理解的事，是宇宙是可理解的。"如果宇宙所有组分都遵循不同的物理规则，生命不会出现，更无从理解。正是宇宙规则的普适性，支持着生命创造有序对无序的净收益。如果我们意识到自己是生命，那也意味着只有少量规则在支配着整个宇宙。海因里希·赫兹在去世之前，曾写过一句话赞美麦克斯韦方程组：我们从它们那里所收获的远超过为发现它们所做的付出。但宇宙也在捍卫它的威严，那就是在能量约束下，生命有限的算力带来的不可预测性。光是已知世界中的极限，从地球向宇宙的四面八方发射出一束光，那个光球代表了我们目前可影响的宇宙。在这个范围内的物质和能量，是我们所能运用的极限。即使我们掌握了宇宙全部规则，我们仍然不是无所不能的拉普拉斯妖，也没有图灵机中那条永远用不完的纸带。

我一直在设想一种情形，当我们要求拉普拉斯妖预测宇宙的命运，且可动用的计算资源只能在这个宇宙中选取，它的全能形象很可能破灭。如果它使用的资源恰好等于宇宙的全部，将导致罗素悖论，即自己计算自己的命运。即使它不需要那么多资源，它也必须考虑预测系统自身对宇宙命运的干扰。为了获得更大的预测能力，拉普拉斯妖不得不控制更多的物质和能量，掌握更多的信息，从而对宇宙命运造成更大的干扰。我隐约感受到在宇宙的构建过程中，有一种终极的约束。我想，哥德尔不完备性最大的暗示或许是，任何宇宙仅使用自身资源，永远有解决不了的问题，这个问题很可能就是它自己的命运。或许，超自然力量也没有太多选择。

宇宙在阻止我们预测终极的命运，也在阻止我们了解所有的细节。每一次概括都是信息的丢失，每一次计算都是误差的开始，我们得到的只有宇宙模糊的投影。但我们也不必为此感到灰心，这种根本约束保护了生命的生存意志。博尔赫斯早已认识到这一点，他说："对于一切都已经被写完的确信，不免消减了我们的主动性,将我们变成了虚无的存在。"[1] 对此,哥德尔意味深长地说道:"世界的意义就在于事实与愿望的分离。"宇宙是一座无尽的图书馆,每一个生命,每一个文明都无法把它读完。而阅读哪些,阅读多少,宇宙慷慨地把选择权留给了我们。庄子说:"天地与我并生,而万物与我为一。"宇宙将自己的命运交到微小而脆弱的生命手中,允许我们肆意地书写,并涂抹上意义的色彩。这大概就是宇宙为任何生命保留的永恒动力结构。

七、关于科学研究的谬论

受很多评论的影响,我一直认为弗洛伊德的大部分理论是不切实际的。而当我在搜索资料读到他的理论时,却大为震撼。我所有的思考其实不是什么新东西,一切不过是弗洛伊德在100年前早已指出的。读者们可以想见我的沮丧,大约有几个月,我完全不知道如何写下去。更让我难过的是,他竟然被误读了、忽视了、错过了。弗洛伊德已逝,但我们为何忽略他,却不是一个可以再忽略的问题。

假设大脑的能量、算力和记忆有一个物理的上限,它将在何种程度上限制我们对世界的理解,是一个至关重要的问题。我们总是在赞叹大脑的神秘和不可思议,似乎人类大脑的潜能是无限的、不受制约的,而现实可能并非如此。我猜测,

---

[1] 詹姆斯·格雷克. 信息简史. 高博, 译. 北京: 人民邮电出版社, 2013: 420.

创造和发现源自于大脑内特定的信息组合在恰当算法结构中的运算，最为重要的是海马体这个记忆的暂存体对特定信息的加工。我们虽然不能干预海马体的具体工作，但我们可以决定存储哪些信息，推进哪些计算，筛选哪些结果。海马体内的神经团在进行着激烈的资源竞争，我们的思考方式将决定它们的运算方式和运算方向。几百年来，在人脑资源的总体约束之下，在知识的深度和广度之间，我们悄无声息地作出了历史性的选择。当某个学科日渐成熟，一个很好的理论框架将同质同类的信息梳理得当，这些成果会在研究者大脑中富集，最终转化为有利于学科进步的发现。但假设一个更宏大、更基本的理论藏身于跨学科跨领域之中，那么它显然不会产生于一个偏狭的信息组合。这种倾向于深度的研究范式，慢慢形成了森严的学科壁垒。而壁垒在批判的外表下被不断强化，进而推动了某种禁忌的形成，使得研究者们对任何综观式的思考敬而远之。某位学者在谈及沃尔夫勒姆的研究时说道："每当他写到我很了解的东西时，他往往是错的。"毫无疑问，将庞杂的信息筛选储存起来，并尝试从中找出隐藏的关联，需要前所未有的算法结构，极长的运算时间，还有惊人的勇气。如果某个研究者在触碰其他领域的科学话题时，突然浮现一个声音质疑他在该领域的专业性，驱力带来的激情将很快被彻骨的冰水浇灭。作为一个理性的研究者，很可能自我设限，在最佳研究时间选择他最有把握的科学命题。对此，弗里曼·戴森有过这样令人叹息的观察：科学家们有一个传统，那就是在老年的时候会提出宏大又不可能的理论，而彼时的他们已然错过最佳的研究时间。这和科学家们没有任何关系，这是资源约束下的理性选择，也是几百年来科学研究范式所带来的深刻影响。但当这些微观选择汇聚到宏观上，却似乎成为了我们通往更加激动人心的成果的限制。如果经济学中有市场失灵一说，那么我们不禁担忧过于倾向深度的科学研究范式也存在失灵。

综观式的思考，并不直接指向某个宏大而基本的理论。那么弗洛伊德到底为我们带来了什么？弗洛伊德受到彼时科学思想的影响，很快意识到心理学可以与物理学相联系，他认为凡心理活动必有生理基础。他说："我一点也不想让心理学就这样悬在空中，没有一个有机的基础。"在他眼里，生命是一个能量系统，能量在其中流动和转移，或者像水坝挡水一样被积累起来。能量是有限的，如果以某种方式使用了，则其他地方可使用的能量也就相应地减少。如果能量在某一表现渠道受阻，它就会寻找其他途径，通常是阻碍最少的那一条。这与力比多方程的暗示何其吻合！弗洛伊德洞察生命与文明的互动，深入研究个人和群体的心理是如何交织在一起的，环境、人际关系和文化发展又对人格产生了什么样的影响。他敏锐地抓住了两种影响生命最重要的关系，指出了生命在自然法则和文明规则双重制约下如何进行艰难地腾挪。弗洛伊德在100年前向我们展示，人类是如何运用各个领域的知识，串联各种线索，勾勒出一幅宏大的生命图像的。

那么弗洛伊德还为我们带来了什么？他从激烈的内心冲突

中找到了关键线索，对潜意识和意识关系提出了开创性认识，找到了本我、自我和超我的划分方法，几乎预言了生命是一组算法的实质。他在梦境方面的研究或许没有给出结论，但他的洞察却并非毫无意义。梦境的确承载了极为重要的功能，那就是使海马体在效率和创造力之间得以保持微妙的平衡。海马体在信马由缰地进行关联时，难免产生许许多多荒谬的想法，过度消耗意识的抑制力资源和运算资源。因此，被意识屏蔽或认为无效的关联需要在梦境中尽情释放，给形成更有价值的关联腾出空间。但与此同时，我们仍然需要维持思维的多样性和创造力，梦的意义在于为一些弱势的神经元团争取一次东山再起的机会，让它们能够获得宝贵的能量分配，可谓是有意义的能量损耗。对于梦的"审查官"的比喻，似乎也指向了意识的重要功能，即否决提议的能力。在我看来，如果把弗洛伊德那些荒诞的情结和性倒错放在一边，那么他对性的研究，已然直抵能量分配问题的核心。理解生命这样的复杂事物，首先要提出正确的议题。当费米问出"他们在哪里？"人类就获得了一个思考的方向，大脑将捕获特定组合的信息，然后只需要尽情地释放算力。弗洛伊德以他非凡的洞察力，系统性地设置了正确的议题，提供了一系列前所未有的观察点，为晦暗不明的生命研究点亮了篝火。

综观式的思考也未必立刻带来可验证的理论。弗洛伊德自认为是科学家，却没有带来短时间内可验证的东西。当波普尔高举"证伪主义"大旗，将弗洛伊德的研究打上"伪科学"的标签,似乎正合彼时人们的心意。人类天然欢迎这种"金标准",它像是一条泾渭分明的分界线,正如波普尔所说的"清晰、简单而又有力"。这既是对"伪科学"的彻底痛击,也是对算力的极大节约。然而,人们已经越来越感受到,对不同的科学问题不应采用同一种判别方法,"证伪主义"并不适用于生命研究。当波普尔试图用爱因斯坦的相对论与弗洛伊德精神分析进行对比时,不幸露出了马脚。物理学的对象没有能动性,变量间的关系往往是确定无疑的,最不济也是被薛定谔方程制约的。在实践中,完全可以通过严格意义上的控制变量,去观察我们所研究的一组关系。所以,我们可以看到物理学的表达通常是:"假设……那么……否则……"确定无疑的关系可以转化为许多可证伪的命题。天体当然可以被概括为一个质点,它没有自己的元立场,它的组分也不会各有主意。但当我们用同一种思路,将人类视为"理性人"时,一系列不可解释的问题就出现了。假设你手头上有 200 元钱,这是你一天的开支,一般认为午餐花超了晚餐就要省一点,但也未必只有这一种解决方式,你也可以通过节省坐车的费用来处理这种变化。如果我们得出结论,午餐支出越多,晚餐支出越少,大部分情况下是对的;午餐支出多少,和晚餐支出多少没有必然关系,也是对的。其中微妙的地方在于,对于同一个变化,生命集合有许多个解决方案,这使得变量之间的相互关系并不明确,人们可以通过辗转腾挪解决问题。但我们也不必担心,在资源的总体约束下,各种变量之间总有一定相关性,相关程度视生命算法和其所处的环境而定。饮酒到底是有益还是有害？生酮饮食对身体有益还是有害？高强度身体锻炼是有益还是有害？如果我们用证伪的方式去提出问题，结论往往是证实一部分，又证伪一部分。我有一个不成熟的观察，大部分关于人类健康的论文，几乎都有另一篇结论相反的论文，这些结论既是正确的，又是错误的。人类渴望一锤定音的回答，然而关于生命的答案却总在风中飘。不可否认，历史中的证伪主义是有效的，但历史总是会翻开新的一页。

那么弗洛伊德到底带来了什么？和弗洛伊德相似，小说中描写的人物无一例外是洞察人性的大师。周公、乔达摩、伊姆霍特普，他们仅仅通过自然观察和内心审察，即做出了超越时代的分析和决策。我认为这绝非偶然，而是暗示了一种研究生命的工具。弗洛伊德开创性地提出了"精神分析"，通过人类的内省，直接指向生命内部不可窥测的领域。时至今日，我们仍然没有找到一种与灵魂对话、与身体对话的方法。不得不说，意识是一种先天的科学仪器，唯有它能直接解释个体的想法、心境和感觉并对外阐述。当斯金纳认为只有行为才可以从外部被客观观察时，弗洛伊德却通过与大脑的对话，把压抑的欲望、隐藏的动机或者不能触碰的情结大白于天下。同时，弗洛伊德同样重视那些被我们放弃的、压抑的想法，并认为它们对生命产生了极其重大的影响。这种算力或者能量的巨大消耗，怎么能不对生命产生影响？如果我们相信，信息对于生命确实具有高度的主观性和私密性，那么这种方法为我们提供的是不可替代的工具。未来，如果我们将"精神分析"与"力比多方程分析"结合起来，它或许将绽放出更加璀璨的光芒。严谨的波普尔也曾预言"我个人并不怀疑他们有不少的话相当重要，而且有一天会在一门可加以检验的心理学里发挥作用。"①

我并不是在提倡反智主义，提倡回到19世纪前那个极度缺乏研究生命科学工具的时代。我只是想说，一种思想就是信息筛选和处理的范式，它影响了我们思考某类问题过程中大脑内所有的微小选择，可谓是算法的算法，其威力不亚于任何一个伟大的公式。历史上所有重要的思想都是算力的结晶，是我们解释世界的强大武器，不能简单地视之为无物。有现代的研究者批判德谟克利特，认为他的原子说并未建立在科学的方法之上，我不得不说这是一种苛求。在崇拜半人半神的时代，在因为游历而被惩罚的年代，他和留基伯提出的原子说不可谓不惊人、不可谓不勇敢。原子说启发了一种思路，即万物是可分的，却并不无限可分。这种思路流传下来，潜移默化中启迪了更多的科学家，在适合的时间提出恰当的科学命题。我们默默地受益于这些伟大的思想，往往并不会感激这些思想的引路人，甚至洋洋得意地批判他们，我们更在乎刻在墓碑上的公式。更让人遗憾的是，我们没能重视弗洛伊德的思想，更没能对其进行现代科学式的开发。在生命研究上，我们迫切需要的不是一两个公式，而是思想的革新。我们似乎应该关注到，生

---

① 卡尔·波普尔. 猜想与反驳. 傅季重等，译. 上海：上海译文出版社，2005：53.

命科学研究从整体上仍然主要遵从还原论思想，将事物打碎成它们的组成部分，用具体的问题代替综观式的思考。这种方法与倾向深度的思想范式一脉相承，是一种成功的算法结构和算力配置方式，曾经给人类文明带来了巨大进步。但当我们认识到生命的约束是基于整体的约束，那么还原论的方式未必是最佳的方式。欧洲的脑科学计划试图搭建全脑的神经元和突触联结图，其勇气可佳。但就像在金字塔的建设中，选取什么样的石头、使用什么样的建筑方法或许并不是故事的中心，如果我们从整体上看，就会发现伊姆霍特普需要的可能是当时条件下可以建造的奇观，如果金字塔已经建造，那么巨大的神像也不是不可以。

我们似乎可以这么说，以还原论为核心思想，以带来公式和可验证问题为思考的终点，已然不能解决所有的问题。我们或许可以沿着弗洛伊德的思路，在生命研究中尝试一下综观式的思考方法，甚至可以试试设计的思路，看看自然到底面临什么样的选择。这样做，短期的确会挑战科学的严肃性和权威性，也会引发一些哗众取宠的行为，浪费一些讨论的时间。但在生命研究踟蹰不前的今天，考虑到大脑现有思想方式逼近极限，我们或许可以作出一些改变。当然，我们也需要注意到，综观式思考以其思考的复杂性，只能带来渐进的、启发性的思路，而非一锤定音的结果，正如弗洛伊德所做的那样。这需要一群人密切协作，一棒接一棒地付出努力。我们要保持足够的耐心，文明也应该以新的机制和文化予以配合。

如果说，弗洛伊德确乎是被波普尔证伪的，那么我们或许没有抓住问题的关键。到底是什么阻碍了人们继续对弗洛伊德精神遗产的追寻呢？或许是对"泛性论"的反感，也可能是"潜意识"中的焦虑。我们似乎感受到，力比多方程正在阻止自己被发现，这有些耸人听闻，但事实或许正是如此。任何跨越式的科学思想，不免会引发力比多方程的波动。英国社会学奠基人比阿特丽斯·韦伯晚年撰写回忆录时感叹道："科学人士是那个时代英国最杰出的知识分子，他们是自信的斗士，把神学家们打得落花流水，把神秘主义者打得一败涂地；他们使哲学家们接受他们的理论，让资本家们接受他们的发明，令医疗界承认他们的发现——这些谁会否认呢？"[1]科学一直在忙着打破人类的认知，在驱魅的同时不断重建着人类与文明、自然的关系。任何脱离科学真知的生活是不可持续的，但短期内却能满足力比多方程的要求。我们或许需要意识到，获取科学知识对我们来说有着很高的壁垒，需要良好的教育和充足的时间，很多知识更是远超我们的日常体验。因此，我们当然要为新科学、新思想带来的进步喝彩，也要关注到它们带来迷惑和彷徨。科学家需要公众的支持，需要得到情感认同，这是弗洛伊德的不被理解所蕴含的深刻隐喻。回望历史，很多并不科学的解释在支撑着力比多方程。我们并不应该轻易否定超自然力量假说的价值，如果人类文明没有引入超自然力量，那么或许

---

[1] 萧莎."疯狂科学家"的三宗罪：19世纪科学小说中的思想辩论与文化竞争.清华大学学报，2021（4）：89.

我们无法走到科学昌荣的今天。那都是力比多方程的解，而历史正是如此螺旋向上。我们可以观察到，在人工生命领域，人们将继续经历这种不安，力比多方程还将继续扮演阻碍共识达成的角色。当一个新的想法被创造出来，将被无数算法视为不可解，需要人们进行艰难地调适。为了向弗洛伊德和所有的先贤致敬，也为了提醒人们正视情绪对科学带来的影响，我想，将能效方程称作力比多方程是合适的。

力比多方程的暗示，让我感到非常不安。它告诉我们需要填充心灵，却没有说该填充些什么；它要求人类不断狂奔，却不告诉我们奔向哪里。当我们拥有选择，并赋予选择以崇高的地位，却不知如何选择。人类或许不是，也不应该是一具空洞的效率机器。人类追求的幸福不应被否定其价值，人类追求的意义不应被否定其价值。我们可能需要缓和哲学、艺术和科学的紧张关系，它们所探讨的意义、道德、幸福、美好，与我们未来的选择有关，它们中任何一个都无法用科学的方法加以解决。

让我引用一段不知名作者的文字作为结束："生命如此柔弱，却拥有无限的潜能，拥有改变宇宙的力量。我们欣赏美、渴望爱，仅仅是这些，就很伟大。当被这种力量所震撼时，我有时甚至不敢直视它，像看到了过分美、过分纯净和光明的东西。想到这是有缺憾的人用爱所创造的，就觉得好好活着是一件伟大的事。"